실화소설

천명의 유혹
서울카사노바
①
필명 전 준 상 저

전준상 박사

자수정 출판사

천명의 유혹
서울카사노바①

지 은 이 - 전 준 상 필명
발 행 처 - 자수정 출판사
발 행 일 - 2021년 1월 11일

편 집 자 - 오 실 장 HP. 010.3443.0183
상담주문 - 김 보 라 HP. 010.7102.7070

신고번호 - 제 2018-000094호

서이 영등포구 영중로65 영원빌딩
TEL.010-8558-4114
정 가 ₩20,000원

*파본은 교환해 드립니다.
홈페이지 - 주소창에 www.198282.net /검색창에 핫나경
E-mail - yangko719@hanmail.net

프 로 필

충남 온양온천(아산시 신창면)에서 상경한 것이 엊그제 같은데 어느덧 세월이 흘러 서울 및 일본에서 발명특허 70건과 레이저혁명을 비롯하여 성공처세술(카톡명언칼럼)시리즈 20권과 애정소설 50권 장편소설을 모두70권 펴내게 되었다. 하루가 다르게 급변하는 세상에 필자는 일본 동경에서도 출판사를 운영하게 되었고, 동생들 둘은 미국 LA 한인 사회에서 목회자의 길을 걸으며, 자녀들은 유럽에서 영화제작으로 감독의 꿈을 키워 연출공부에 매진하다 보니 자연스러운 글로벌 가족이 되고 말았다. 이제는 인천 아세아 선수촌아파트에 살고 있고, 대학 재학 중에 공군 16전투 비행단 복무를 마친 막내 병민이의 인성교육이 올바르게 명언시리즈(20권)를 결혼하기 전 읽고 반듯한 삶을 살아가주길 바라며...

2021년 1월 11일
저자 전준상(필명)
HP 010-8952-4114

차 례

1. 일본 스미꼬편   7
2. 부산 성회장편   58
3. 인천 고세령편   78
4. 톱텔런트 홍로즈편   104
5. 강릉 여대생 공하늘편 136
6. 베트남 푸엉편   169
7. 연애 교실   174
8. 부록 -마 카-   191
   부록 -초 유-   228
   부록 -식이유황(MSM)-   235

등장인물

주인공 전준상작가
1. 일본 스미꼬
2. 일본 사요미
3. 회사 박부장
4. 부산 성회장
5. 부산 장여사
6. 부산 백유리
7. 부산 윤여사
8. 목동 민자경
9. 인천 고세령
10. 스타 홍로즈
11. 서울 강감독
12. 장능 공하늘
13. 엄마 신선화
13. 한우촌 남수정
14. 두영샵 이지영
15. 여대생 유수진
16. 동화 송서희
17. 베트남 푸엉
18. 그의딸 유혜민

- 머 리 말 -

"책은 읽어서 뭘 해"라며 말을 한다. 책은 안 읽어도 먹고사는 데는 지장은 없다. 하지만 남보다 지식은 뒤떨어진다. 그래서 한권이라도 더 읽은 사람의 지배를 받게 된다. 본 저자는 픽션과 논픽션을 겸해 신간 실화창작소설 유혹 본질 1,2,3권 4.유혹(썸싱), 5.유혹(양코), 6.유혹(연인) 1~6권 시리즈를 내게 되었다. 독자들에게 독서를 하게끔 하루에 아침저녁 10분 독서법을 카카오톡으로 연재를 올려놓았다.
일 년간 꾸준히 연재된 것을 출판으로 펴내면 재미난 소설 한권이 세상에 얼굴을 내밀게 되는 것이다. 인생의 파란만장한 만고풍상(萬古風霜)과 삶의 희노애락(喜怒哀樂)은 현재세상의 민 낯이다.
1. 소설은 재미있어야한다.
2. 얻을게 있어야한다.
3. 정보가 담겨져 있어야한다.
그래서 형무소에서도 사형수가 본 저자의 소설책을 반입 안 해주면 단식을 하겠다며 난동하여 교도관이 부랴부랴 찾아 와 책을 구해가는 진풍경도 생겨나게 되었다.

영등포에서 새해아침 저자 필명 전준상 저
010-8558-4114

1.동경 스미꼬편

　하얀 소금을 깔아 놓은 듯 벚꽃이 피어 떨어진 동경. 매년 봄철이면 무역 전시회가 열리고 있다. 준상은 출판사 이외 제조업을 하는 사업가로 망원경 특허품을 개발하여 출품 하였다. 일본 사람들이 좋아하는 야구 경기장에서 손을 대지 않고도 모자 앞에 부착하여 야구 경기를 볼 수 있는 제품이다.

망원경은 가볍고 선명하여 전시장을 찾은 일본인들에게 호평을 받았다. 같이 출장 간 박 부장과 알바 일본 여대생에게 전시장을 맡겼다. 사람은 많이 투자한 시간만큼 미래가 결정 되듯이, 일본인은 한국인보다 50배 독서를 하는 사람들이다. 그래서 그의 관심사인 서점과 성인용품 샵을 보기위해 동경시내로 나왔다.

역시 듣던 대로 일본의 서점 가는 물론 편의점이나 가판대까지 책은 넘쳐났다. 성인용품점은 전 층이 5층 빌딩인데 관광객으로 인산인해다. 우리나라는 날로 서점이 없어지고, 신문도 안 팔려 가판대가 치워지고 있다. 그래서 출판사와 신문사는 사양길이 되어간다. 성인용품점도 3천 곳이 점점 줄어 고전을 하는데 일본의 성인용품점이 활개를 치는 것이 눈에 보였다. 외국인 관광버스가 공항에서 가이드가 안내해 도착하는 곳이 성인용품점이다. 남성은 발기기구를 여성은 자위기구를 누가 볼세라 핸드백에 우겨 넣는다. 인간의 본능대로 성생활을 즐기는 건 누구나 똑같은 자연스런 현상이다.

우리나라 보험회사는 각 지점에서 1등을 하면 보험왕으로 일본에 여행을 보내준다. 보험설계사들은 독신녀들이 많은 편이다. 그들이 일본여행 후 김포공항 입국장 검색대위에 올려놓은 핸드백 속에 남자 성기모형의 고환까지 달린 자위기구(바이브레타 덜덜이)가 들어있다.

정말 좋은 남자는 몇 마디 말에도 심장이 울리고 짧은 침묵에도 가슴이 막힌다. 정말 좋은 사람은 살 내음이 다르다. 스치는 몸짓에도 향기가나고 멀리 있어도 향기가 깊어 미워할 수가 없다. 이런 상대가 없으면 자위로 성적해소를 하게 된다.

발명가 양코는 동경의 서점과 성인 숍을 돌아보고 있을 때 무역전시장에서 박부장이 성급한 전화로
"대표님 망원경이 모두 다 팔려서 앞으로 남은 2일간 판매할 재고가 없습니다. 대박입니다."
개당 12만 원짜리 망원경 300개가 다 팔려 3백만 엔(¥) 우리 돈 3천600만원 매출을 올린 것이다. 개발품이 히트 치면 인생역전이 되어 개발자들은 열 번 개발하다 아홉 번 망하고 한 번의 성공으로 대박이 난다. 이 때문에 마약 중독이 되듯 개발에 꿈을 놓지 않는다.
"박부장 서울로 전화해서 밤 비행기로 300개만 더 보내라고 해요. 그리고 알바 여학생에게 알바비로 2만 엔(¥)을 주세요. 박부장도 호텔에 가서 일찍 쉬도록 해요" 지시를 끝내고나니 온종일 돌아다녀도 피로 한 줄을 몰랐다.
박부장은 공손하게 "네" 하고 대답하더니,
"대표님 알바 생이 그러는데 홈쇼핑업자 낚시점에서 취급할 수 없느냐며 오야지를 만나게 해달라고 명함을

두고 갔습니다."

"그래요 알았어요. 수고하였으니 내일봅시다."제품이 신선하면 대리점은 서로들 하려고 한다.

기분이 좋으니 술 한 잔을 하기위해 준상은 178cm 큰 키로 검정휘장을 거둬 올리고 고개 숙여 일식집 안에 들어섰다. 30대 중반쯤 되는 여인은 양손을 모아 고개를 숙이며

"이라시 아이 마세"하며 어서오세요하니,

"하이" 네 하며 가방을 옆 좌석에 놓고는 식탁의자에 앉는다.

저녁시간이 일러 준상이 첫손님으로 그녀와 두 사람 뿐이었다. 그녀는 쟁반에 엽차 잔을 받치고 와 내려놓자 준상은 스시와 사시미 각2인분과 사케를 주문하는데 일본어 발음이 어색한 것을 보고 그녀는 의아한 듯

"일본분이 아니시네요. 하면서 손님 한분은 언제 오시나요?" 하며 한국말로 묻는다.

준상은 "네, 서울서 어제 왔습니다. 그런데 한국말을 아시네요?"

"욘사마 배용준 가을연가 때부터 한국여행 가느라 배웠어요." 하더니 뒤돌아가서 정성껏 차린 상을 식탁 위 양쪽에 2인분 상을 차려 놓는다. 그녀가 돌아가려

하자 앞자리를 가리키면서 자리를 권했다.

손님이 되어 그녀를 접대하면서 일본을 더 알고 싶었다. 또 일본까지 인맥을 넓혀 현지법인을 세울 때 힘이 되기 때문이다. 그는 사물을 보면 발명에 연결시키듯 무슨 일이든 사업에 연관되는 것을 하고 있다. 그래서 그녀를 보자 인맥을 쌓고 싶었다. 사교적인 그는 십년지기를 대하듯 그녀를 편안하고 따뜻하게 대하며 마음을 열게 하였다.

일본까지 와서 임도보고 뽕도 따는 그림을 그리고 있을 때 그녀는 수줍은 듯이 마주하며

"쓰미꼬 에요"하니 준상은 명함을 건네었다.

"일본까지 와서 혼 술을 하려니 모양새가 좋지 않으니 지장이 없으면 같이 하시지요" 스미꼬는 미소를 지으며

"그래도 되겠어요?"하더니 애교 있는 자세로 기다렸다는 듯이 마주 한다.

신이 사내를 세상에 내보낸 이유는 여자에게 능동적으로 행동하라는 계시다. 그녀는 자리를 하면서 명함을 보더니

"박사님이세요? 영광입니다. 손으로 자신의 예쁘지 않은 이를 손으로 가린다. 사람들은 초면에 명함을 받으

면 그 사람 정보가 담겨져 있어 경계심이 풀린다.

일본여자들은 체구가 작고 단아하다. 남자에게는 복종하며 애교적이다.

여자의 발달과정은 20대는 덜 익은 사과같이 풋풋하고 30대는 한입 써 억 베어 먹으면 단물이 줄줄 나오는 잘 익은 백도복숭아 같다. 40대는 칼만 대면 쩍 벌어지는 수박 같고, 50대는 시어져서 서로 안 먹으려는 과실이 아닌 것 같은 모과와 같다.

스미꼬는 흠뻑 물오른 여자 나이다. 160cm정도의 아담한 키 눈이 크고 코는 오똑하며 지적이다. 말하고 행동으로 보아 주막집 막걸리잔 같이 이놈 저놈이 거처 간 걸레는 아닌 듯하다. 넌지시
"남편은 안 나오시나요?" 하니,
"어머 미혼이에요." 작업에 정석인 사내는
"실례했습니다."말한다.
내심 음흉한 미소를 띤다. 동물들이 이성을 유혹하는데는 페로몬 향을 내듯이 남자는 페로몬 향수를 뿌리고 매너가 좋아야한다. 편안하고 따뜻하게 대해주면 어떤 여자고 그런 사내를 마다할 일은 없다. 그녀를

존중하며 높이는 말투를 더하는 능력까지 있다면 금상첨화다.

이것이 연애 비결이다. 사내는 스미꼬에게 이렇게 대하였다. 일본까지 와서 색다른 일본여인과 인연이 된다면 큰 소득이 아닐 수가 없다. 그녀도 본능만은 숨길수가 없었다.

스미꼬의 식당은 신주쿠 쇼쿠안도리 한인타운 옆이다. <벚꽃식당> 간판이 눈에 끌려 들어왔다. 실내도 온통 벚꽃이다. 주방장과 서빙알바는 연휴로 나오지 않았다. 손님이 드문드문 하였는데 허리에 베게 업은 기모노차림의 여인들이 들어오자, 준상은 여자들의 전통복장도 알고 싶어졌다. 세계 600만 교포 중 미국에 200만 일본에 60만이 살고 있다.

신주쿠에 한국식당이 제일 많다. 이조갈비, 양평해장국, 똥 돼지, 보신탕 등 없는 게 없다.

손님상을 차려주고 돌아온 그녀에게 기모노에 대해 왜 허리에 담요를 묶는지 물어보았다.

"옛날에 일본은 여러 나라가 있었어요. 나라끼리 전쟁으로 사람이 많이 죽자 인구를 늘리는 정책으로 남자가 요구하면 여자는 몸을 열어야 하기에 지니고 다녀야 했데요. 호호호, 아이를 가지게 된 장소가 성씨가 되어 성씨가 3천개에요."

그래서 일본 인구가 1억3천만 이나 되고 성 발달로 성 개방된 이유가 옛날부터 내려온 역사 때문인 것을 이제야 알 수 있었다. 남녀 혼탕도 그래서 생겨난 거며 총각들은 숫처녀보다 과거 있는 여자를 원한다고 한다.

"경험이 많아 길이 난 여자하고만 결혼하려고 해요. 얼마나 촌스럽고 매력이 없으면 처녀막을 보물처럼 간직하고 다니느냐면서 경험 많은 비 처녀가 좋다고들 해요."

"그러면 아버지와 다 큰딸이 함께 목욕을 한다는 말도 사실 인가요?"

"옛날에는 딸을 결혼시키기 전까지는 그랬고요."

스미꼬는 처녀이면서도 민망해하지 않는 것은 일본이 성문화가 개방되었기 때문인 것 같다.

 부부가 불륜도 서로 눈감아 주며 이혼할 경우에만 문제 삼아 부부싸움 하는 게 일본이다. 우리는 남편이나 아내가 바람나 들키면 찢어지게 된다. 일본은 성매매도 관대하여 한국에 젊고 예쁜 여자들이 20만 명이나 일본에서 웃음을 판다고 한다. 미국도 귀한손님이 오면 아내를 손님방에 보낸다는 말이 있었고, 이슬람교는 지금도 아내가 4명이상 이며, 능력이 있으면 12명까지도 둘 수가 있다. 반대로 일처다부제로 형수 하나를 여러 형제가 아내삼아 살며 아기를 낳으면 형제 순위로 자식으로 정하기도 한다.

우리는 손목만 한번 잡혀도 그 남자와 결혼을 해야 하고, 한번 시집가면 그 집 귀신이 되어야 하며, 성폭행을 당했다면 목을 매달아 자결하여야 했다. 아이를 못 낳으면 소박을 맞아야 하는 우리나라와는 사뭇 다르다.

　서울서 동경까지는 2시간 비행거리다. 시차는 없으며 기온도 비슷하다. 가까운 이웃나라여서 여행으로 제일 많이 오는 곳이 일본이다. 하지만 문화의 차이는 너무나 크다. 일본인의 국민성 중 배울 점은 성실함과 검소함이다. 부지런하여 앞마당까지도 걸레질을 한다. 거리가 너무나 깨끗하여 일본의 이미지 중 가장 각인되는 것도 거리가 깨끗하다는 것이 공통된 평이다.

세계 2번째로 잘사는 경제대국인 만큼 낭비가 없고 절약 적이다. 대학총장도 가정집은 30평 미만이며, 차는 우리 주부들이 장보러 다니는 미니 차 티코 정도다. 거지는 없고 노숙자는 도시락을 사먹는 복지국가다. 아는 자가 지배를 하듯이 비좁은 전철에서도 책을 많이들 본다. 그래서 지금도 경제력에서 세계 3위 국가이다.

우리는 일본에게 37년간 지배당하며 핍박을 받아왔다. 우리보다도 왜소하다 하여 왜놈이라 부르고, 그들은 우리를 조선이라 하여 조센징이라 부르며 멸시하였다.

준상과 쓰미꼬는 십년지기라도 된 양 대화가 무르익어 갔다. 능한 사내는 쓰미꼬의 마음을 빼앗았다. 창문 넘어 벚꽃에 비치는 하얀 밝은 달빛은 두 연인의 무드등이 되어 핑크빛 분위기를 자아내며 사내는 그녀를 리드해 나갔다.

"쓰미꼬씨 이제 손님도 없으니 바람도 쏘이고 벚꽃도 구경 좀 시켜주시죠. 드라이브로 일본의 야경을 둘러봅시다."

메뉴판에 있는 음식가격표 보다 두 배를 주면서 나 때문에 장사를 못하셨으니 다 받으세요. 2만 엔을 주었다. 그래도 아깝지가 않았다.

그녀는

"이러시면 안 돼요"하며 만 엔 한 장은 다시 내주며 음식 값만 받았다."준비하고 나올 게요"하더니 벚꽃무늬 기모노로 갈아입고 딴 사람이 되어 나타났다. 옷이 날개였다.

준상은 쓰미꼬를 보고 눈이 휘둥그레져 말한다.

"이렇게 예쁜데 남자 친구가 없어요?"

"애인이 있으면 양다리가 되겠어요. 손님과 연애하면 손님이 떨어져요. 그리고 매일 영업하느라 남자사귈 시간도 없고요."

그것은 우리나라도 같았다. 여자가 접객업을 할 때 남편이나 썸싱있는 남자가 드나들면 사업은 머지않아 문을 닫게 된다.

누가 먼저라 할 것도 없이 서로가 이심전심이 되어 유혹하고 있었다. 쓰미꼬는 서울서온 준상의 연애상대로 딱 이었다. 법적문제도 없고 소문날 일도 없다. 두 사람은 벚꽃 식당 문을 일찍 닫고 나왔다. 택시를 잡기 위해

"다꾸시"하며 손을 들으니 기사가 운전석에서 나와 뒷문을 열어주었다. 정중히 손님을 모시는 것이 서비스가 만점이었다.

일본의 4월은 벚꽃명소가 여러 곳이다. 두 사람은 데이트코스를 요코하마로 잡았다. 택시로 목적지까지 가기로 하였다. 스미꼬는 감정이 들떠 흥분이 되는지 택시창문을 내다보며

"어머 사람을 유혹하듯 저렇게 밝은 보름달은 처음 보네요." 하며 감탄하는 모습이 천생 여자다.

준상도 설레는지

"보름달이 지는 것이 아까우니 역사적인 밤을 만들어 봅시다."

그녀는 가슴이 떨리는지 얼굴에 홍조 빛이 낮같이 밝은 달빛에 비치어 더욱 예뻐 보였다. 손을 꼭 잡으니 따뜻한 손을 뿌리치지 않고 기다렸다는 듯이 가만히 있었다. 사내는 기회를 놓치지 않고 입술을 살포시 덮쳤다. 그때 택시 기사는 센스 있게 실내등을 꺼주었다.

한 시간을 달려와 그녀와 첫날밤을 지낼 요코하마에 첫발을 밟으니 더욱 설레었다. 사람도 이름이 좋아야 출세를 하듯이 사업도 상호가 신선해야 손님들 관심이 쏠린다. 준상은 벚꽃식당 이름에 이끌려 들어갔다가 몇 시간 만에 그녀를 낚시 바늘에 꼬인 물고기처럼 졸

졸 따라오게 하였다.

그녀와 요코야마에 도착하니 밤 10시가 되었고, 준상은 휘영청 걸린 달에 비춰진 눈부신 벚꽃절경에 탄성을 자아내었다. 밤이 깊어지자 두 연인은 어깨를 나란히 하며 바닷가 호텔 문을 천연덕스럽게 밀치고 들어섰다. 그녀도 이미 마음을 결심한 듯 밀당없이 사내가 하는 대로 순종해 주었다.

룸에 들어서자마자 그녀의 실버들 같은 하늘하늘한 허리를 끊어지도록 힘껏 끌어안았다. 일본은 골드미스라도 아다리시는 없다. 엔조이로 물이 흠뻑 오른 그녀는 넘쳐나는 성욕을 억제할 길이 없는지 호흡이 가빠지면서 몸을 비비 꼬며 뒤틀었다.

생리적으로 남자보다는 여자가 성은 더 강하면서도 수동적이기에 내숭을 떨지만 자극을 받으면 숨길수가 없었다. 사내는 그녀에게

"오늘밤 각오를 단단히 해요."하니

"어머, 작가님은 여자 다루는 솜씨가 보통이 아니세요. 제가 여기까지 정신없이 따라 온 것을 보면 작가님은 여자박사에요. 웬만한 사람은 남자로 보이지는 않았는데 몇 시간 만에 여기까지 따라 왔다는 게 믿기

지가 않아요. 선생님이 저를 헤픈 여자로 보면 어떡해."

사내는 그녀와 함께 욕실로 들어섰다. 백옥 같은 하얀 피부에 촉촉이 젖은 알몸은 석고상 같았다. 일본여자나 한국여자나 같네 하며 사내는 시각적이기에 보는 눈으로 홀리게 되고 여자는 분위기에 젖어든다.

남자들은 유명연예인이나 동남아 러시아여자까지 사내들은 빙 둘러 앉아서 고급 룸살롱 테이블위에 그녀들을 올라가게 한 후 양파껍질 벗겨내듯 옷을 하나둘 팬티, 브래지어까지 몽땅 벗게 한다. 하얀 피부에 풍만한 젖가슴 검은 숲이 우거진 계곡에 비너스 나체를 감상 하느라 정신이 없다. 강남 버닝썬 룸살롱 만수로 세트는 연예인 벗기는데 1억 원 술값이다.

여자들은 돈 때문에 수치심을 버리고 치부를 들어낸다. 유럽의 갑부들에게 왜 돈을 많이 버느냐고 하면 젊고 예쁜 여자를 만나 최고 맛있는 음식을 먹고 최고의 크루즈 유람선으로 여행을 하려고 돈을 많이 번다고 한다.

일본여자가 남자에게 하는 서비스로 뽕 가게 한다더니 그 말이 헛말이 아니었다. 스미꼬는 타월에 비누거품을 물씬 내어 사내에 사타구니까지 고루고루 박박 문

질렀다. 사내는 하루의 피로가 다 풀리며 그녀를 으스러지게 않았다. 그녀의 육체는 탄력이 풍부하였다. 적당한 살집 밥사발을 엎어놓은 듯한 뽀얀 젖무덤 처녀라는 이름만 들어도 매력적이다. 사업도 잘 풀리고 숨겨진 보석이 넝쿨째 굴러오니 행운이다.

사춘기사내들은 열 명중 아홉 명이 자위로 조루증이 생겨나지만, 여자는 여고시절부터 열 명 중 여덟 명은 자위를 하여 불감증 없는 여자로 잘 발달 된다.
그녀는 살내 음을 풍기며 사내의 넓은 가슴속으로 흡수되어간다. 말미잘 같은 미끈미끈한 입술과 혀가 뒤엉켜 꼬여지며 호흡이 가빠지고 있었다. 용광로 같은 불이 붙자 두 남녀의 뜨거운 몸뚱이는 할할 타오르고 있었다.
스미꼬는 36세 여자로 십만 명중 한명 있는 특이체질이었다. 여자 중에 여자인 명기로 지금까지는 몰랐는데 어젯밤에서야 자신의 몸이 너무나 신기하고 신비롭다는 것을 알았다.

 여자의 장기 중에 음핵인 클리토리스는 오로지 섹스를 위함뿐인데 그게 앞과 반대편 질속에 또 하나가 더 있어 두개나 되었다. 자위 시에는 앞의 음핵이 애무로만도 절정을 느낀다. 그동안 엔조이 시엔 자극이 미미하여 몰랐다가 영웅인 그이에 강한 자극을 받아 9번이나 절정의 맛을 보니 콩알만 한 게 발견되었다.

두개의 음핵으로 절정을 느끼니 오르가즘이 두 배로 강열했다. 남자가 사정을 쭈룩쭈룩 하듯이 오줌 같은 분비물이 분수처럼 뿜어져 나와 침대시트를 적시게 되었다. 창피스럽지만 보석 같은 지포스트 때문에 괴성소리를 두 배나 내지르게 되었다.

 잠자리에서는 예의는 접어두고 마약취한 것처럼 난잡하게 마음껏 발산하라. 돈도 안 드는데 입 뒀다 어디에 쓰려는가. 칭찬을 서로 하라. 더욱 흥분이 고조되며 가까워진다. 남자들은 여자가 호텔이 떠나가도록 호랑이소리를 내는 색골 같은 여자가 맛있다고 한다. 이것이 남자들 심리다. 클라이맥스 절정이 몰려오는데 괴성소리 신음소리를 새어나가지 않게 입술을 꽉 깨물고 참는 어리석은 여자를 어떤 사내가 좋아하겠는가.

남자들은 여자가 자기로 인해서 만족해하며 극치감에 몸을 부르르 떠는 여자를 못 잊어한다. 여자를 그렇게 해주기 위해 남자들은 눈물 나게 노력하는 것이다. 그런데 그 노고를 몰라주고 이치를 깨닫지 못하는 여자는 불감증으로 버림받는다.

어제저녁 육박전에 피로가 몰려오자 새벽녘에 30대인 그녀도 엿가락처럼 사내에게 찰싹 들러붙었다. 20대는 수절해도 30대 과부는 수절 할 수가 없다 듯이 물이 오른 그녀는 괴성을 질러대며 미칠 듯이 몸부림쳤다. 사내가 세차게 몰아 부치니 그녀는 전신에 경련을 일으키며 오줌까지 싸고 말았다.
"어때 좋았어?" 정복감에 으쓱해져서 절정에 눈이 꼭 감겨 안 떨어진 그녀에게 물어 보았다.
"오줌까지 싸고 혼절한걸 보면 몰라요. 이런 일은 처음이에요. 아이 창피해" 두 손으로 얼굴을 가리더니
"당신은 대단해" 앙증맞은 두 손은 사내의 가슴을 두드려댄다.
"한번 더할까?"
"안 돼요. 당신은 짐승이야. 나를 미치게 한 나쁜 사람" 귀엽고 애교스럽게 뽀로통해지며 "하늘은 빙빙 돌고 거기는 얼얼해요"
여자 운 중에 제일 좋은 운은 혼절을 시켜주는 남자를 만나는 운이 제일 좋은 운이다.

스미꼬는 사내에게

"무서워요. 당신 가지 마세요. 내 옆에 있어 주세요."
세찬 비바람에 폭풍우가 지나가 고요해지자 당신으로 말투가 변하였다.
"나는 당신만 있으면 평생 행복할 것 같아요. 당신이 가면 난 어떡해. 당신은 나의 영웅이세요. 참으로 멋져요. 하룻밤 사이에 나를 꼼짝달싹 못하게 요절을 내놓고 가면 나는 어떡해."
그래서 여자는 물로 표현된다. 어떤 사내를 만나느냐에 따라 네모나기도 하고 동그래지기도 세모나기도 한다. 만나는 남자에 따라 요조숙녀가 되기도 하고 화냥년이 되기 때문이다.

동경으로 돌아가기 위해 스미꼬는 어제입고 온 벚꽃무늬 기모노을 다시입고 나섰다. 기모노를 입을 때는 일본 여자들은 팬티를 안 입는 게 전통인데 정말로 속옷을 안 입었을까? 호기심에 궁금증을 참을 수가 없었다. 사내의 손이 슬그머니 그녀의 밑으로 들어가자
"어머머 거기가 어디라고"기절초풍하는 바람에 실패하였다. 앞에서도 기모노 유래를 언급한바가 있었지만 전쟁 시에 인구증가를 위해 속옷 입는 것을 금지시키

었다. 그래서 여자들 집에는 누구아이 인지도 모르는 아이가 수두룩할 수밖에 없었다. 옹녀나 명기는 보통 친정엄마의 유전으로 태어난다.

스미꼬는 어제 밤에 난잡하고 헝클어진 모습은 오고간데 없고 언제 그랬느냐는 듯이 정숙하고 단아한 모습으로 감쪽같이 변했다. 여자는 외모와 방중술을 이용하여 남자를 홀리게 하는 게 요부다.
이별의 시간이 점점 다가오는 것을 인식한 듯하다. 도쿄까지 한 시간 걸리는 택시 속에서 스미꼬는 준상의 어깨에 머리를 기대었다. 택시기사를 의식하여 귓속말로
"오빠 무엇 하나 물어봐도 돼?"
"뭔데"
"오빠 그동안 여자들을 몇 명이나 잡아먹었어? 솔직하게 말해봐"
"아니 내가 잡아먹었다고? 말도 안 돼 내가 잡혀 먹힌 거지." 그녀는 그 말에 의미를 생각하더니
"으이그 ㅋㅋ 짓궂어. 그러면 얼마나 여자를 울려놓았어?"
"내가 그리도 바람둥이로 보이나? 소문난 잔치에 먹을

게 없다고 애인하나 없어 정말이야"
"아니 그 방면으로는 도가 튼 분 같아서요. ㅎㅎ" 스미꼬는 벌써 사랑의 상징인 질투로 다른 여자가 있다는 게 싫었나 보다. 사내의 사생활까지도 알고 싶어 했다.
"나는 서울에 와이프, 일본에 스미꼬 뿐이야. 정말이야" 피 식 웃더니
"거짓말이지만 듣기는 좋네요."

사내는 어젯밤 미리 이야기를 하였다. 실탄이 얼마나 실한지 발사만 하였다 하면 배란기도 아닌데 수태되어 임신하는 여자들이 많으니 물총발사를 않게 다고. 그리고는 한 시간이 넘어도 사정을 하지 않았다.
"왜 내가 싫어서 그래?"
"그게 아냐. 과거에 골드미스 세 명에게 뼈아픈 곤욕을 치러서 그래."

자라보고 놀란 가슴 솥뚜껑 보고 놀란다고 명동에서 관광객에게 화장품 매장을 하는 미령이는 입덧이심하자, 동생이 죽게 되었다고 임신하게 한 책임을 지라며 언니들이 떼거지로 사무실까지 찾아왔었다. 전주의 혜

숙이는 아버지가 군수이시고 레스토랑을 하고 있어 책임지라고는 안할 테니 낳게만 허락해 달라고 해 안 된다고 했더니 행방을 감추었다. 대전에 윤자는 부모가 알게 되어 경찰서로 끌려갔다가 죄가 안 돼 나왔다. 이런 뼈아픈 과거를 스미꼬에게 말했다.

요코하마에서 만리장성을 쌓은 스미꼬는 큰놈인 사내를 놓치고 싶지가 않았다. 매일 자위를 해도 한두 번인데 어제 밤에는 9번 15번이라니 그이가 짐승만 같았다.
남자들은 여자생각은 안하고 전혀 배려 없이 자기욕심만 채우기에 성급하다. 심지어 5초 땡 하는 토끼는 아내가 불감증이 되어 한눈팔게 만들기도 한다. 그런데 준상은 달랐다. 자극을 가할수록 소름이 돋아나며 찌릿찌릿하고 등줄기에서는 땀이 짜르르 흘러내린다. 다섯 번까지는 구름 위를 떠다니는 것만 같았다. 아홉 번까지는 아래에서 수류탄이 폭파되어 산산 조각이 나는 느낌이더니, 열두 번째는 정수리의 백회짜리까지 뚫고 나오는 느낌이었다. 전차가 충돌하여 와장창 부서지고 열다섯 번이 넘자 혼절하며 오줌까지 싸고 말았다. 지속적으로 몰려온 것이 멀티 오르가즘이다.
그런 그이를 어찌 잊을 수 있어.

"난 이제 어떡해"

사내는 정관수술을 하러 병원에 갔다. 정액을 뽑아 현미경에 비치던 여의사는 이럴 수가 깜짝 놀란다.

"무슨 일인가요"

"정충이 1억 마리 정도인데 이것 좀 보세요. 싱싱한 정자가 2억 마리가량 되어 꼬리를 흔들어 대잖아요. 이러니 배란기도 아닌데 수태시킬 수 있지요 무얼 먹었어요?"

"물개 생식기와 고환인 마카를 환으로 먹었어요."(문의 010-3443-0183 오실장)

"남자는 일생동안 정액 한 말이니 씨 조심하세요. 부인과 상의하고 오셨나요?"

"아뇨"

"부인과 상의 하고 오세요." 그 뒤로 가지 않았다.

수술한 선배들로부터 정관수술을 받으면 정력이 약해진다는 설도 있고, 어느 선배는 아내 몰래 정관수술을 하였는데 아내가 임신을 했다. 불륜으로 파경이 될 뻔 하였으나, 확인해 보니 정관을 묶은 게 풀려 임신 된 것이었다. 여러모로 탐탁지 않았다.

쓰미꼬는 "오빠 나는 결혼은 않고 아이는 갖고 싶어요.

입양까지 생각중인데 만약에 임신이 되었으면 그냥 낳을게요."

"안 돼" 단호하게 거절하였다. "내가 씨 뿌리는 장사도 아니고 다람쥐처럼 여기저기다 집지어 놓아서야 되겠어. 그래서 사정을 자제하며 참는 거야."

고환에서 생성되는 남자의 정자는 한번 사정 후 3일이 되면 또 싱싱한 정자로 수태가 높아진다. 여자는 남자가 사정 시 절정을 가져야 질 수축 경련으로 자궁 속 깊숙이 흡수하게 된다. 다둥이 엄마들은 오르가즘을 잘 느낀다고 보면 틀림이 없다.

2천년 전 중국에 소녀경 방중술에는 성교 시마다 사정을 참으면 참을수록 신선이 된다고 한다. 얼굴은 맑은 광채가 희게 윤이 나며 뼈는 강해지고 자세는 꼿꼿해져 장수의 지름길이라고 조언하고 있다. 정액은 고환으로 생성돼 뼈에서 나오는 백혈과 같기 때문이다.

천재적인 바람둥이 카사노바는 신장은 180이지만 미남은 아니었다. 그가 유명한 것은 125명의 여자와 관계가 많아서가 아니라 관계 시마다 6번 9번 15번까지

맞춤형으로 절정을 느끼게 한 테크닉의 제왕이기 때문이다. 그래서 헤어져도 원망하는 여자는 한사람도 없었다.

여자는 창녀라도 한번 잠자리를 했던 남자는 잊지 못하는 법이다. 그러나 헤어지면 원수가 된다. 준상은 스미꼬를 다독여 주었다.
"나는 서울에 갔다가 1년 후에는 꼭 다시 올 거야. 그때 까지만 기다려줘"다정다감하게 위로하여 주었다.
이별이라는 말에 그녀는 어깨를 들썩이며 울고 있었다.
"울지 말아요. 그동안 장사도 열심히 하고 건강해야 돼 생각나면 카톡이나 폰 도해요. 짧은 시간 이지만 너무너무 즐거웠어요. 인생이란 만나면 이별하는 게 인생이야. 울지 마 쓰미꼬 나도 마음이 우울해져."

 이제 일상으로 돌아갈 시간이다. 스미꼬는 식당 문을 열어야하고 준상은 전시장 상담자들을 만나야 하니 아침시간이 분주하다. 식사는 고속도로에서 때우고 스미꼬는 신주꾸 벚꽃식당에 내려주고는 전시장으로 직행하였다.

알바 여대생 사요미가 검정투피스에 흰 블라우스의 흰 깃을 밖으로 내어 포인트를 준 정장이 잘 어울리었다. 유창한 한국어로

"대표님 커피 드세요. 하더니, 센터를 하겠다는 분들 명함이에요."공손하게 두 손으로 건넨다."제품이 하나도 없어요. 박부장님은 서울서온 물건 받으러 공항에 갔는데 빨리 오셔야 하는데"걱정을 하며 자기 집 일처럼 의욕이 넘친다.

아침부터 센터를 하겠다며 먼저 전화를 하고 찾아들 왔다. 일본인들은 방문 전에는 반드시 전화로 알리고 정확한 시간에 온다. 방문 시에는 꼭 음료수나 간단한 선물을 들고 왔다. 약속을 어기거나 신용이 없을 때는 냉정하게 거래를 끊는다.

사요미가 일본어를 한국어로 통역하여 바이어와의 상담은 순조로웠다. 상담 중에도 활짝 핀 벚꽃 향 아래 관람객들은 운동모자 앞에 달린 야하 망원경을 써보며 호기심을 보였다. 일본은 정치가 흔들릴 때마다 야구경기를 벌여 국민들의 관심을 야구경기로 돌린다. 정치적으로 이용하는 야구나라가 되었다.

우리도 2002년 월드컵 4강 때 붉은악마로 똘똘 뭉쳐 하나로 되었듯이 축구 나 야구 운동경기만큼 국민을 단결시키는 것도 없다. 벚꽃이 일본의 꽃이라면 야구

는 일본 국민들 운동이다. 망원경은 야구경기와 매치가 잘되니 구매력이 높을 수밖에 없었다.

망원경을 구매 한다며 줄서서 기다리고들 있으니 센터를 하려는 자들에게는 자극제가 되었다. 그때 마침 박부장이 제품을 트럭에 싣고 들어오니 적시타를 때린 듯이 절묘하다. 센터 희망자들의 눈에도 돈이 되겠다는 확신이 서자 너도나도 서로들 덤벼들었다.

일본이 2차 대전 패망 후 경제대국이 되기까지는 젊은 여성 40만 명이 있었다. 유럽에서 몸을 팔아 벌어들인 달러는 어마어마하였지만 원가는 몸뚱이뿐 그녀들은 애국자였다. 성 개방 국가다운 발상이다. 인간은 큰 시련을 격을 때마다 성장하게 되는 법이다.

나라도 마찬가지다. 유태인들의 애환을 보면 잘 알 수 있다. 이스라엘도 천 년 간을 서러움 받아온 국민들이다. 그들이 오늘의 세계일등국민이 된 데는 탈무드란 책을 설파하여 큰 지혜를 얻었기 때문이다. 고통과 시련이 닥칠 때마다 찐 계란을 떠올렸다. 삶으면 삶을수록 단단해지는 결심을 다짐했다. 고기를 주면 그때뿐이지만 고기 잡는 법을 가르쳐주면 언제나 먹을 수 있다. 히틀러는 유태민족을 말살시키려고 가스실에 집단으로 넣고 2백만 명 말살을 하였어도 남은 1천만 국민은 세계에서 가장 부유하고 지혜로운 일등국민이 되었다.

전시 매장에서 하루해가 저물어가자
"오늘 매출도 많고 수고들 하였으니 회식 한번 합시다. 학생 늦어도 되겠어요?"
"그럼요 대표님 고맙습니다. 제품이 잘 팔리니 시간 가는 줄도 모르겠고요. 재미있어 피로 한 줄도 모르겠어요."
"어 그래요 학생 몇 학년 이지요?"
"이제 4학년 올라갔습니다. 나이는요 22살이에요."
"꽃이 활짝 피는 나이네 좋을 때요. 졸업은 1년이나 남았네."
"네 졸업반은 취업이 되면 학교에 안가도 돼요. 이번도 무역회관에서 학교로 추천받아 알바 하는 거예요"
일본 여성답게 상냥스러웠다.
"그러면 1년 후에도 우리 사무실에 와서 일할 수 있겠어요? 신주꾸에 출판사와 광고로 홈쇼핑을 하려는데"
"대표님 정말 이세요? 그럼 입사시켜 주세요. 성심껏

일하겠습니다. 그렇지 않아도 졸업 후 취업할 곳이 없어 걱정하고 있던 중 이었어요. 대표님 고맙습니다."
박부장과 알바 여대생이 매출과 잔고를 맞추고 있는 동안 준상은 잠시 상념에 잠겼다.

 남자는 능력이다. 부를 성취하면 주머니에 돈이 마르기전까지 여자는 이어진다. 권력과 재벌들의 스캔들은 수없이 이어진다. 모두 나이 먹은 회장들이 잘생겨서가 아니라 돈 때문에 젊은 여자들은 자신의 인생을 담보로 스폰서 맺기를 애원하고 있다.
롯데회장은 미스롯데 1등인 미녀가 둘째 부인이 되어 딸을 출산하였고, 현대 왕 회장은 연예인에게 백지수표 일 억을 건네었고, 삼성회장 창업주는 일본에 다섯 번 째 젊은 여자를 두었고, 박통은 200명의 연예인이 있었다. 돈과 권력은 여자로 이어졌다. 여인들은 일생을 몸뚱이 하나로 편히 먹고 사는데 지장이 없었다.
사내는 정욕의 에너지 때문에 출세도 하고 성공도 한다. 열정이 폭발 할 때 이뤄지게 된다. 욕심은 금물이다. 지혜롭게 경험이 많은 사람은 계란을 한 그릇에 담지 않듯이 위험한 것은 따로 따로 두는 법이다.
권력이나 재력이 많을수록 여자를 갖게 되는 일은 많

아진다. 황제나 임금은 궁 안에 있는 여인은 모두 자기 것이었다. 3천 궁녀는 사내 하나만을 바라 볼 수밖에는 없었기 때문에 암투는 끊이질 않는다.

황제가 죽을 때도 여자 욕심을 부려 500명씩이나 젊은 궁녀를 같은 무덤에 순장으로 묻히는 생죽음을 했었다.

여자도 왕이 되면 남자를 끌어들여 밤마다 재미 보는 것은 같았다. 신라시대에 여왕들이 그러했고 중국에서 태후가 그러하였다.

하룻밤을 같이 잔 총각들을 소문 낼 것이 두려워 일회용 소모품으로 모두다 죽여서 입을 막았다. 지금도 매스컴마다 성 문제 사건은 끊이지를 안듯이 인류가 멸망하지 않는 한은 성문제는 본능이기 때문에 없어질 수가 없다.

박부장이

"대표님 판매한 거와 매출금액이 딱 맞네요!"하고 보고하니,

"자 그럼 식사 하러갑시다. 식사하면서 이야기해요. 고기 집 양식집 일식 어디가 좋아요? 박 부장은요?" 두 사람 의견을 물어보니 모두 전통 일식인 싱싱한 활

어 회와 스시 사케가 좋다고 하였다. 기왕이면 서울의 명동이라고 하는 도쿄에 긴자거리로 갔다. 홋카이도 북해도란 횟집으로 들어섰다

일본에 최북단에 위치한 북해도는 생선 횟집으로 유명하다. 그래서 한국에도 일식집 간판은 북해도 상호가 많다.

식당에 들어서니 퇴근 시간에 몰려든 손님들로 열기는 후끈거렸다. 우리는 홀을 안내하는 서빙알바에게 조용한 룸을 부탁하였다.

일본인들은 장수에 제일 좋은 소식(小食)을 한다. 왜소하여 식사량이 적다. 그러니 자연히 소식(小食)을 하게 되는 것이다. 그러다보니 세계 제일의 장수(長壽)국이 되었다. 한국 사람들은 일식 2인분을 먹어도 시장하여 나와서는 빵을 사먹기에 3인이 가서 6인분을 시키니 눈이 휘둥그레지며 맞느냐고 재차 묻는다.

일본인 들은 장수에 3대 조건을 갖추고 있다.
① 늘 소식(小食)을 한다. 과식에 남는 영양은 독이 되기 때문이다.
② 늘 생선을 섭취하여 혈관이 깨끗해진다.

③ 늘 부지런히 움직여 복부 비만 없이 날씬 하다.
④ 늘 좋은 생활 습관을 가지고 있다.

"아참 박부장 오늘 매출한 현금을 가지고 다니지 말고, 앞에 가면 하나은행 동경지점이 있으니 야간금고에 입금시키고 와요. 그래야 마음 놓고 술을 마실 수 있어요."
"네 그러면 다녀오겠습니다."충직한 심복답게 이의를 달지 않고 지시를 잘 따랐다.
"음식 나오기 전에 빨리 다녀와요."준상은 아내는 물론 아래 사람이나 음식점에 서빙 하는 어린사람이라도 꼭 존칭어를 쓰는 습관이 몸에 배었기 때문에 무의식 속에서도 심지어 자녀들에게도 무심코 존칭어를 쓴다. 아버지 왜 그러세요? 저희들이 듣기가 너무 무안해요 그러지 마세요. 그런다.

조용한 룸을 달라고 한 것은 사요미에게 일본문화를 더 알아보고 싶어서였다.
"자 술 한 잔 받지"
"네."잔을 들어 내민다. 그리고는 주전자를 받아 준상에게 공손히 따른다.

"박부장 오기 전에 한잔 합시다" 하며 술잔을 부딪치며 건배를 하였다.

"사요미 뭣 좀 물어봐도 돼요"

"대표님 무슨 말씀이세요?"

"소설을 쓰다 보니 일본에 대해 알고 싶은 것이 많아서 그래요. 여자가 결혼하기 전에 아다라시는 환영받지 못한다는 게 사실 인가요?"

"네? 무슨 말씀인가 했어요? 남자가 순결은 따지지 않아요. 결혼하기 전에는 아다라시는 거의가 없어요. 시집가기 전에는 아버지와 딸이 성인물을 같이 들 봐요. 시야까시는 성희롱이 안 되고, 허락 없이 손으로 더듬고 만지거나 강간을 하였을 때는 성폭행으로 처벌이 돼요."

서로가 좋다면 안희정 도지사처럼 3년 반 형을 받는 일은 없단다.

"학생은 큰 재산을 가지고 있네요."

"대표님 저희 집은 가난해요. 홀어머니께서 저희 세 자매를 키우고 계세요."

"그런 재산 말고 돈 주고도 못사는 빌리지도 못하는 젊음과 건강 그런 재산을 말하는 거예요. 집은 어디인데요?"

"요코하마에요."

"요코하마"라고... 준상은 마음을 들킨 것처럼 뜨끔하였다.

"대표님도 요코하마를 아세요?"

"아뇨 말만 들었어요." 새삼 어젯밤에 스미꼬의 뽀얀 나체가 떠올랐다. "그러면 사무실이 오피스텔이니 거기서 숙식을 해요. 그래도 되겠어요?" "그럼요. 저는 무슨 일을 하여야 되나요?"

"내가 소설 원고를 넘기면 컴퓨터로 편집하는 거예요."

"그러면 컴퓨터 디자인 공부도 하여야겠네요?"

"그러면 엘리트지요"

"대표님은 사업도 하시고 소설도 쓰세요? 스토리가 어떤 건데요?"

"명언 칼럼 성인 소설을 독자들에게 아침마다 카톡으로 띄우지요. 그게 모이면 책이 나와요"

"와 스토리가 재미있겠네요."

내일 밤비행기로 서울에 가야기에 밤늦게까지 대화는 이어졌다.

"나는 5억 자본금으로 현지법인을 세우면 60만 한인들에게 매월 연재소설을 무가지(無價紙)로 보내요. 재미가 있어 다음 호를 기다려지는 새로운 아이템이죠. 소설을 읽고는 제품을 구매케 하는 거죠."

"발명도 하시고, 소설도 쓰시고, 사업도 능하시고 대표님 존경스럽습니다. 대표님 저 명함 하나주세요. 와아 성 증진학 박사님이시네요. 박사님을 알게 되어 영광입니다. 큰 나무 덕은 못 봐도 큰사람 덕은 본다는데."

"편집을 배우면 편집장이 될 수 있어요."

"박사님 꼭 일본에 빨리 오세요. 편집을 가르쳐주세요. 다른데 이력서 들고 다녀서 뒤통수 부끄럽고 얼굴 끄실리지 않을게요."

"결혼은 언제쯤 할 건데요. 여자들은 가르쳐 놓으면 결혼해서 가버리니..."

"결혼은 안 할 거예요. 동생 둘은 제가 가르쳐야 되기 때문에 그런 일은 없을 거예요. 저는 박사님만 하실 수 있는 신비한 일만 배울 거예요. 대단하시네요."

"그러려면 학생도 많이 읽고 많이 쓰고 많이 생각하여야 돼요. 이세상이 저절로 되는 일은 없어요."

"네! 명심하겠습니다. 한국에서도 하시나요?"

"한국은 책을 그냥 줘도 안 읽어요. 책 한권 더 읽는 사람이 지배하는 법인데 학교만 졸업하면 독서하고는 담을 쌓아 책을 안 읽어도 먹고 사는 데는 지장이 없으니 더 이상 자기발전은 할 수가 없죠."

"아파트 경비가 가끔 전화가 와요. 분리수거하다 주어서 보고는 재미있고 배울게 많은 처세술도 있는 새 책을 누가 버렸네요. 책을 보니까 마카 물개가 있던데 주문할게요. 하고 주문을 하죠. 이런 일이 자주 있어요. 교민들께 간을 보고는 일본 열도에 확산시킬 예정에요."

"인생에서 가장 중요한 것은 마음이 따뜻하고 똑똑한 사람을 만나는 일이에요. 사람을 한번잘못 만나면 인생을 망치기 때문이죠. 어떤 사람을 만나느냐에 따라 팔자가 바뀌고 인생이 뒤 바뀌죠. 사업도 어떤 사람을 만나느냐에 따라 성패가 좌우 되요."

"대기업에서 신입사원 채용 시에는 관상가를 참석시켜 관상을 보게 해요. 면접에 합격하려는 취업자들은 고액을 들여 성형수술로 얼굴을 고치지만 얼굴은 고칠 수 있어도 마음만은 고칠 수 없죠. 말꼬리에 파리가 붙어 가면 파리도 천리를 가듯 좋은 사람을 만나면 천리를 가죠."

"남의식구인 며느리가 들어와서 그 집안이 일어나기도

하고 쪼들려 들기도 하듯 여경리가 세무서에 탈루신고로 15%보상금을 타먹으려고 배신하듯 인연도 언제인가는 뒤돌아서면 무서운 적으로 변해요. 사람 쓰는 게 제일 어렵죠."

"박사님 좋은 말씀 많이 들었습니다."

사요미와 박부장도 얼굴이 붉어지도록 마셨으니 이별에 인사는 길게 하지 않는 법인데 술기운으로 말이 많아졌다. 사요미는 성에 대해서는 내외 않고 부끄럼도 없이 서슴없이 말하였다. 학생의 처녀성을 물어보려다 입이 떨어지지가 않았다.

"배용준 욘사마 한류 붐으로 일본 여성들은 한국남자들을 무척 좋아들 해요. 남자답게 잘 생겼고 너그러우며 여자들에게는 따뜻해요. 일본 남자들은 성격이 까다롭고 남존여비로 여자를 하시해요. 새가슴 같은 사내도 많고요."

"오늘 사요미에게 많이 알았어요. 다음엔 소설자료 좀 더 이야기 해줘요. 노인이 죽으면 도서관 하나가 불탄 거와 맞먹지만 좋은 여자를 만나면 베스트셀러 책 한 권이 생긴다는 말이 있어요." 사요미는 일어날 생각을 하지 않는다.

"너무 늦었으니 일어납시다." 알바비 이외 택시비까지 더 주었다.

"이렇게 많이요?" 사람의 마음을 사는 데는 돈보다 더 큰 무기는 없다.

호텔로 가면서
"박부장! 사요미 일하는 게 어때요 센스 있게 잘해요. 매출도 올릴 수 있을까?"
"그럼요 잘 팔아요. 한개 사갈 것을 두개 사가게 하고 사지 않을 사람도 지갑을 열게 하던데요."
"어 그래 그러면 유능한 인재인데 사업은 역시 인재 하나가 백 명을 먹여 살리지. 그러면 내 사람으로 만들어야겠네. 편집 디자인 인터넷 고객 콜 상담까지 1인3역 할 수 있으면 보물을 얻는 큰 수확이지."
고급인력은 인권비가 높아도 제값보다 열배 더한다. 유능한 인재는 창의적이다 무능하면 밥값도 못 한다. 창조적이지 못하고 시키는 것만 한다.

공장을 하면서 많은 직원을 겪은 경험이다. 이제는 말소리 걸음걸이만 봐도 깃대 꽂을 정도로 도사다. 이제 박부장도 쉬게 룸을 따로 정해주고는 각자 방으로 들어갔는데 이때 늘 가지고 다니는 스마트 폰 3대중에 2대가 동시에 울리니 당황스러웠다. 어느 폰을 먼저 받아야 할까 난감하다. 1번 폰은 서울 집에서 오고 2번 폰은 스미꼬였다. 서울 전화는 놔둔 채 아침에 헤어진 스미꼬에 2번 폰부터 받자마자

"오빠 가게 문 닫고 오빠에게 가려는 데요. 왜 그렇게 전화를 안 해요." 애교 넘친 코맹맹이 소리로 아양을 떤다.

"오늘 너무 바빠서 미안해 지금은 직원하고 있어요." 하자 서운한 듯이 "그러면 할 수 없죠. 나는 온종일 오빠 얼굴만 떠올라 일이 손에 안 잡혀 아무것도 못했단 말이에요. 혼이 나간 사람처럼 멍하니 있으니 주방 언니가 뭐라는 줄 아세요? 얼마나 눈치가 비 오듯 하는지 오야지상 오늘은 이상하네. 백마 탄 왕자님이라도 기다리나 그러더라니 까요."

1번 폰은 울리다 지쳐서 꺼지고 2번 폰은 묻지도 않는데 말이 길어졌다.

"스미꼬 미안해 내일 내가 전화할게요."

"네 그러면 꼭 전화해야 돼. 서운해 하며 잘 주무세요." 말꼬리를 힘없이 흐리는 것을 보니 마음이 짠하니 안 돼 보였다.

스미꼬에 전화를 둘러대고 난후 집에서 온 전화를 안 받았으니 의심 받게 된다. 한눈을 팔수록 폰은 즉시즉

시 잘 받아 주어야 의심을 안 받는다. 집으로 전화를 하려는데 폰 벨이 울려 집 인줄 알고 받으니 모시모시 하더니 "박사님 사요미에요."애 띤 목소리였다.

"저는 밤이 가는 줄도 몰랐어요. 박사님과 일할 수 있다는 걸 생각하니 가슴이 부풀어서 잠이 안 올 것 같아요. 박사님 빨리 오셔야 돼요"

"알았어요. 학생 박부장에게 학생에 성실함을 잘 들었으니 염려 말고 내일 마지막 날도 나오고 빨리 자요."

두 여자를 토닥여주고 나자 밤11시가 넘었다. 아침 7시부터는 독자에게 인생 처세술과 소설을 띄워야하니 샤워를 하자마자 잠이 들었다. 일본 동경에 아침 6시면 서울은 7시다. 일본이나 미국에서 카톡을 보내도 한국에서 보낸 거와 같아서 독자들은 모른다.

썸싱이란 남녀가 그렇고 그런 썸 타는 있는 사이를 말한다. 인증 샷을 보내지 않으면 한국인지 외국인지 모른다.

1번폰 010-8558-4114
2번폰 010-8952-4114
3번폰 010-3895-4114

휴대폰을 3대를 가지고 다니는 데는 자료용량 부족과 1인3역에 역할 때문이다.

① 인생 상담도 하고

② 인터넷 원고 쓰고

③ 연재소설 띄우고

어느 친구는 폰 3개를 보더니 자네는 난놈이네 나는 폰3개면 복잡해서 머리가 지진이 날 텐데.

7년간 3만 명에게 띄운 독자 중에 불감증 여자는 신문이나 책도 안보니 보내지 않아도 되요 이런다.

그런 사람들은 인간관계가 매끄럽지 못하거나 모가 나거나 어리석다. 이런 사람들은 동양 철학에서 관상 토정비결이 통계로 나와 있다.

일을 하다 얻은 피로는 하룻밤만 자면 풀리지만 섹스로 인한 피로는 3일이 더 간다. 어젯밤은 싱글로 자고 나니 아침이 거뜬하다. 연타로 봉사하였다면 장거리여행과 겹쳐 운신을 못할 수도 있었다. 과로는 과로사와 복상사의 원인이며 돌연사는 과격하게 욕심을 채우려는 섹스 때문에 발생한다.

밤새 안녕 하셨습니까는 여자 배위에서 죽지 않았느냐는 안부다. 피로한데도 여자를 만족 시키려고 기를 쓰며 봉사 하다가 악 하며 복상사로 가고 만다. 배에서 내려와 새벽에 가는 것도 복상사다. 섹스가 과하면 간도 상하고 건강도 잃지만 여유로운 섹스는 장수에 묘약이며, 자기 관리가 철저한 사람이 자제력이 좋다.
인생을 살면서 자기관리에 네 가지를 항상 염두에 두어야할 교훈이 있다 ①늘 건강에 관심을 가져라 ②늘 책을 가까이 하라 ③의지로 늘 자제력을 가져라 ④늘 참으며 발끈하는 분노를 보이지 마라

 벚꽃이 떨어지는 낙화시기에 맞추어 무역 전시회도 마지막 날로 다가왔다. 3일 동안 성공적으로 이끌어주신 무역회관 관계자들과 일일이 고마움의 악수를 나누었다.
"저희는 제품이 다 팔려 오전 중으로 마감 하고 오후에 서울로 먼저 가려고합니다."
"그동안 고생하셨습니다."
"고맙습니다."관계자는
"성과가 좋아 저희도 만족합니다."하며 아쉬운 작별의 인사를 나누었다. 사요미는 3일간 정이 들어 이별의 아쉬움에 눈시울이 붉어졌다. 울지 말아요. 다시 올 것이니 "네. 박사님이 가신다니까 자꾸 눈물이 나네

요. 저도 공항 까지만 나갈게요."
"아니 그럴 필요가 없어요." 다정히 위로해 주었다.
이때에 휴대폰이 울렸다. 스미꼬가
"오빠 몇 시 비행기이에요?"
"원래는 밤비행기 인데 앞당겨서 5시 비행기인데"
"그러면 하네다 공항은 40리니 전송 나갈게요."
"아냐 번거롭게 그럴 필요 없어요. 저녁 장사도 해야 하는데 뭐 하러 그래요."

이번 출장은 큰 수확이었다. 제품은 전망이 밝고 두 여인과는 연이 되었다. 스미꼬는 단물이 줄줄 나는 나주 배와 같고 사요미는 털복숭아처럼 솜털도 아직 안 벗었다. 두 여인은 이별이 다가오자 눈물을 흘리는 천생 여자들이다. 이를 두고 꿩 먹고 알 먹고 도랑치고 가재 잡으니 기업은 사람이다.

장사꾼은 5원을 보고 십리를 간다. 이익을 위해서는 어떠한 고난도 감수하듯 신의 고사가 있다. 중국의 한 신은 자신이 여의치 않을 때는 시정잡배나 왈패들의 가랑이를 기어 다니는 수모도 참을 수 있어야 한다. 그래서 큰 그릇이 되어 왕위에 오를 수가 있었다.

공항에 스미꼬가 쇼핑백을 들고 허둥대며 나타나 남들 의식 없이 오빠 하며 안기었다.
"나오지 말라니까 뭐 하러 나왔어"
"오빠! 나는 아직도 꿈꾸고 있는 것 같아. 오빠 따라 갈 수만 있으면 따라 가고 싶어. 꼭 오셔야 돼요. 자 이거"
도시락을 내밀고 눈물을 흘리며 작별로 뒤돌아섰다.
일본 하네다 공항에서 스미꼬와 작별하였다.

 일본의 성 인식은 여자들이 남자를 목말라하였다. 그래서 남자인형 주문 제작이 날로 늘어난다는 것이다. 성은 정년이 없어 할머니들까지도 예외가 아니다. 남자보다 더 남자다운 인형은 사람인지 인형인지 가늠하기가 힘들다. 여성들은 키, 피부색, 눈동자 등 자신의 취향에 맞도록 주문 제작을 원한다. 가슴은 왕(王)자 근육으로 아래 부분은 자기 취향에 킹 사이즈로 하고 고환도 똑같이 디테일하게 주문하니 세상이 급변하는 게 실감난다.
세계를 여행하며 많이 봤지만 일본에 와서 실제로 여성용 남자인형하고 남성용 여자인형을 실물을 눈으로 확인하니 의혹은 풀렸다.

한국도 대법원에서 리얼돌 인형이 합법적으로 수입이 허용되었다. 다만 여자 중고생 모습이나 연예인 얼굴은 초상권이나 불법으로 금한다.

실리콘인형 소비자가격 280만원과 380만원 9백만원이다. (공기 인형은 38만원) 여성 몸은 관절까지 구부러지고 실제와 같은 신음소리에 괴성소리 분비물까지 나오니 진짜 사람과 똑같아서 신기하다. 외로운 독신자들은 서로 주고받는 대화까지도 하니 기절초풍할 노릇이다.

40대 유부남이 리얼돌과 놀다가 두 집 살림을 차린 실화까지 생겼다. 이상한 낌새를 차린 아내가 남편 뒤를 밟아 따라 가보니 방한 칸을 얻어 리얼돌 여자 인형과 잠자리를 하고 있었다. 그 광경을 목격한 아내는 여자 연예인의 모습과 똑같은 얼굴에 깜짝 놀랐다. 무려 900만 원짜리 인형은 연예인 얼굴처럼 똑같고 서로 대화까지 하며 섹스를 하니 현실로 착각하며 잠자리를 하고 있었다.

상담문의 010-3443-0183 / 010-2848-4114

모든 기능이 여자와 같으며 관절이 움직이는 실리콘 인형

동경 하네다 공항을 박차고 비상한 대한항공은 구름 위를 날아서 2시간 만에 서울 김포공항에 도착하는 사이 스미꼬가 가져온 스시도시락도 있는데 기내식 양식이 또 나왔다. 박부장과 함께 저녁식사를 하면서 틈새시간은 늘상 나 홀로 사업구상을 한다.

자기만의 시간에 계획하는 게 사업가들의 공통점이다.

기업가들은 여러 가지 상품을 내놓고 소비자 기호에 맞춰 신상품을 계속 개발하는 것이다. 몇 년을 걸려 제품을 연구하는 것도 이윤을 보고 만 리길까지 기꺼이 발길을 내딛는 것이다. 새 상품을 만들고 기술을 개발하며 시장개척을 가능하게 하는 것은 기업의 영리 때문이다.

경영자는 외롭다. 모든 것이 자신에게 달려있기 때문이다. 자금마련, 제품개발과 실패까지도 스스로 해내며 책임져야 한다. 그래서 자본과 경험 그리고 시대적 아이템으로 3박자가 맞아야 히트상품으로 급상승 한다.

준비된 자 만이 살아남는다. 일본에서 사업을 하기 위해서는 준비가 있어야 한다. 자본금 10억의 제품으로는 금 그릇, 커피세트 반상기 5억 원과 출판, 건강식품 외 기타로 5억 원이 든다.

법인 설립에는 일본인 한사람의 보증인이나 일본인 한사람을 채용하여야 만이 사업자가 발급된다. 그런데 손안대고 코풀 수 있게 되지 않았는가. 은행통장개설도 법인설립 후 즉시 발급되지 않고 보름 후 발급된다. 일이 순조로워도 한 달 이상 준비된다.

신문광고 기재도 무척 까다롭다. 완벽한 서류준비 후에 심의에 통과가 되어야하며 일본전역에 기재되지도 않는다. 일본열도는 북부 북해도 중부 동경 남부 오사카 3등분하여 기재된다. 천 만부 발행부수를 자랑하는 요미우리신문 광고료는 상상을 초월한다.

서울의 관문인 인천과 김포공항처럼 일본의 관문인 하네다와 나리타공항이 있다. 동경 하네다 공항에서 5시 비행기는 김포 공항에 7시에 도착하여 입국장에 나오니 와이프가 픽업하러 나와 있었다. 박부장은 지하철로 내려가고 와이프의 승용차는 탁 트인 공항로에 올라섰다. 공항로 가에 논밭으로 허전했던 곳이 새 빌딩들로 꽉 메워져 세월의 변화가 새삼 느껴졌다. 이대 서울병원까지 들어서니 마곡지구가 신도시로서의 위용을 과시하였다.

목동아파트 자택을 향하여 가면서 와이프는 사업성과는 뒷전이고 입이 나와 있다.
"어젯밤에는 무슨 짓을 하느라 전화도 안 받았어요. 딴 짓거리 하느라 전화도 안 받은 게 아니에요? 꼭 물가에 내놓은 아이 같으니 불안해서 원"
"일이 바쁜데 그럴 사이가 어디 있어요. 회식 하느라 못 받았지"

모르면 약이듯 편안 하려면 선의에 거짓말도 약이 된다.

"외국에서 화류계 여자들하고 성관계는 국제매독 에이즈로 치명적이에요. 그런걸 아는데 외도 할리가 있어요."

"하긴 당신은 자기관리를 철저히 하는 깔끔한 성격이니까" 의심은 완전히 물 타기로 성공 하였다.

그때 로밍이 자동으로 풀려 폰 벨이 울렸다.

"모시모시" 여자목소리가 크게 들렸다. 도둑이 제발 절인다고 머뭇거리니 "일본여자 목소리 인데 빨리 받아요." 그런 말하는 여자음성을 들었는지 받자마자 뚝 끊는다.

그러니 와이프는 오히려 풀렸던 의심이 되살아나

"그것 봐요. 일본 여자를 얼마나 훑어 놓았기에 그 사이를 못 참고 전화까지 오고 난리에요." 그렇다. 모든 구린내는 핸드폰에서 냄새를 내어 꼬리가 잡히게 된다.

와이프가 지하 주차장에 파킹 하러간 사이 스미꼬는 기회가 왔을 때 잡으려는 듯이 시도 때도 없이 전화가 걸려오는 것이다. 용광로 같이 불타는 열정이다. 일본에서 방금 온 폰을 재 발신 터치를 하였다.

신호음이 가자마자 기다렸다는 듯이

"하이!"하며 스미꼬가 받았다. "오빠 잘 도착하셨어요?"

"응 덕분에"

"그런데 여자 목소리가 나던데 누구에요? 언니에요? 그런 거 같아서 얼른 끊었어요. 오빠 나 잘했지?"

"스미꼬 앞으로는 가능한 카톡 문자로 해요."하니

"어머 언니가 알았어요? 어떻게 그래서 무어라고 했어요?"

"둘러댔지. 전시장에서 알바 하던 학생이라고 좋게 말했어."

"어휴 다행이네요. 오빠 미안해 앞으로는 문자로 할게 금방 금방 지우세요."

"아니 왜 지워야 하는데?"

"오빠는 정말 모르세요?"

"모르는데"하니

"언니가 보면 어쩌려고 그래요. 부부싸움으로 일본에는 다시는 못 오게 되잖아요."

쓰미꼬는 공자 앞에 문자 쓰고 있었다.

"언니야 빨리 끊어야 되겠어."

"언니에요? 네 알았어요."하더니 다급하게 전화를 끊는다. 차를 주차하고 온 와이프에게 시치미를 뚝 떼었다.

엘리베이터로 올라온 집은 4일 만에 들어서니 웬일인지 남의 집에 들어 선 듯 낯이 설었다. 그것은 환경에 변화를 크게 겪었기 때문이다. 사람의 심리는 환경에 따라 변하기 때문이다. 3박4일 동안 많은 경험을 하였고 나를 더욱 성장 시키는 계기가 되었다.

창조적인 사람은 늘 일을 만들어 내어 바쁘고 창의력이 없는 사람은 할일이 없어 심심하다며 넋두리 한다. 한 기업의 오너는 세계는 넓고 할일은 많다는 명언을 남겼다. 그만큼 일이란 찾아서 해야 한다.
영등포에서의 일도 출판사와 주방용기, 건식, 성 제품 제조 판매로 바빴다. 서둘러 사무실로 출근 후 생산 판매를 점검하고, 일본 홈쇼핑에 필요한 골드 커피세트 골드 반상기 발주를 하러 항공마일리지로 부산에 빨리 내려갔다.

신형(7종) 198,000원

2. 부산 성회장편

  선배 심회장이 직접 김해공항까지 나와 환대하면서
"전박사 어서 오이소. 일본의 여독이 안 풀렸을 터인데 부지런하긴" 하며 주차장으로 발걸음을 옮기었다.
"일본에서는 재미 보았능교?"
"네 신제품 반응이 좋았습니다."
"머리가 좋으니 어련 하시려고" 하더니 공장으로 갑시다. 한다.

  심회장의 회사는 골드 타이루, 골드 팔찌, 목걸이 등 금도금 생산을 하는 업체이다. 중동 석유산유국 왕실에 수출을 하였다. 준상은 골드 커피 잔, 반상기를 OEM으로 생산하려 했다.
계약조건은 ①미니멈 100개미만 소량일시는 단가가 높고, 개당 500개 이상은 가격이 저렴하다. ②24k골드로 두껍게 진공 증착 한다. ③벗겨지거나 변색이 없어야한다. ④일본까지 운송 중 파손품은 교환한다. ⑤불량품은 반품 교환 한다.

널찍한 공장2층 회장실에서 계약서에 서명 후 계좌번호를 받아 계약금 20%인 1억을 그 자리에서 핸드폰으로 이체 후

"회장님 확인해 보십시오."하니

"전박사는 혼자서 못하는 게 없네요."성회장은 경리에게 "김 양아! 확인 해라이"

"네 회장님 일억이 들어 왔습니다."계약을 일사천리로 기분 좋게 끝냈다.

저녁시간이 되었다. 성회장은

"계약도 끝났으니 목이나 축이러 갑시다."

성회장은 경상도 사나이의 기질을 가지고 있으며, 수호지에 나오는 노지심 버금가는 말술도 불사하는 거인이다.

"오늘은 마음껏 마셔 봅시다."

사적으로 와도 점심에 30만 원 이나 하는 종이장보다 더 얇은 복 사시미를 대접받기도 했다.

또 한 번은 남포동 곱창구이서부터 시작하여 영도다리 아래 아나고에 이어 자갈치시장에 고래 고기까지 맛보느라 배가 앞산만 하기도 하였다. 네 번째로 가자는 상어 회를 하자고 하기에 손사래를 치며 사양 하였더니, 노래방으로 끌고 가서 노는데 돈 꽤나 내버린 솜씨였다. 그런데도 성회장은 끄떡없고 나는 녹초가 되었다. 계산은 심회장 옆에 늘 붙어 다니는 심회장의 애인 장여사가 꼬박꼬박 카드를 긁어댔다.

성회장은 노래방 도우미도 불렀다.

"20대는 1시간에 3만원 3~40대는 2만원 50대는 1만원인데 주인은 어느 도우미로 부를까예?" 성회장은

"2차 나갈 수 있는 20대로 불러주세요." 하니

"노래방에서 즉석연애는 10만원이고 2차 모텔로 나가면 20만원이에요. 그런 건 성매매 알선으로 걸리니 도우미 오면 알아서들 하셔야 돼예."

다문화가정이 생기고부터는 중국, 태국, 필리핀, 베트남, 탈 북녀 까지 다양하다. 서울에도 북창동, 회현동의 탈북 여성은 6만원이다. 이런 성매매 여성이 몇 십만 명이나 된단다. 슬픈 현실이다.

밤 문화 화류계 여성으로 아이들 과외비 벌려고 몸 판

다는 가정주부는 남편이 오토바이로 데려다 줬다니 이럴 수가 있나 싶었다. 성매매는 년 간 2조 원이나 되며 이런 문화는 돌을 던져 처 죽이는 이슬람교를 빼고는 전 세계는 남녀가 있는 한 영원히 사라지지가 않는다.

치마만 둘렀다고 다 여자가 아니다. 취사선택을 하여야 한다. 취할 것은 골라서 취하고 버릴 것은 버려야 한다. 남자는 열 계집 마다 않지만 이놈저놈 받아들이는 화류계 여자를 상대하는 것은 위험천만이다. 여자 역시도 마찬 가지다.

자궁경부암은 수녀는 없는데 창녀나 화류계가 많은 이유가 여러 사내에게서 바이러스를 옮겨왔기 때문이다. 성병이나 폐질환 역시 불결한 성 접촉에서 오는 감염 때문이다. 임질은 남자는 일주일 만에 성기에서 고름이 나와 증상을 알지만 여자는 6개월 후에 질속에서 악취가 심하게 나므로 그때서야 알 수가 있다.

아프리카에서 항문성교로 생겨난 성병에이즈는 잠복기가 5년이므로 혈액검사를 받기 전에는 모른다. 자신이 에이즈인줄을 모르고 성교한 사람은 모두가 성병에 감염된다. 난잡하지 않은 파트너만 선택하여야 한다.

"전에는 노래방을 갔지만 오늘은 부산에서 제일 비싼

해운대 비치 호텔 룸살롱으로 갑시다."
장여사 친구가 운영한다며 성회장과 장여사와 셋이서 가니 황제 모시듯 VIP룸으로 모셔졌다. 손님은 왕이 다. 란 말이 실감나게 했다.

이런 맛에 사업가들은 술과 여자에게 돈을 쓰려고 악착같이 돈을 버는지도 모른다.

"밴드도 부르고 마음껏 놀아봅시다." 장여사 친구인 윤마담은

"회장님 애들은 누굴 부를까요?"

"오늘은 일본에서 오신 큰손님 전박사를 모셔야 하니 수청들 수 있는 연예인 보다는 여대생으로 데려와요." 윤마담은 나를 보면서 고개를 숙여 인사를 하며 야릇한 미소를 짓고,

"윤이에요 오늘밤 즐기세요."하며 아가씨를 부르러 뒤돌아 나가는 폼이 꽤나 세련되었다.

잠시 후 윤마담이 데리고 온 여대생은 모델같이 키가 훌쩍 크고 깡말라서 날씬하고 예뻤다.

"백유리 에요. 예쁘게 봐주세요."수줍어하며 인사하는 모습에 목소리는 애 띤 목소리였고, 얼굴은 솜털이 뽀송뽀송 하였다.

내 옆에 앉자마자 성회장은

"마음에 드는교?" 고개를 끄떡이자 유리에게는

"소설가님을 잘 모셔야해. 내일 물어보고 마음에 안 들었다면 국물도 없어!" 그녀는

"네 회장님 끝내 드릴게요." 하더니 배시시 웃고는 손으로 입을 가린다.

비릿한 음담패설과 익살이 끝나자 3인조 밴드가 들어왔다. 성회장이 마이크를 독차지하며 노래와 춤이 흥겹게 이어지니 스트레스가 확 풀렸다. 심회장과 장여사와 짝이 되고 나와 여대생이 짝이 되어 블루스를 추면서 양주병을 몇 병을 비우니 밤은 깊어져갔다.

"회장님 이제 그만 마십시다." 하니

"그러세요." 옆에서 윤마담이 "백양아 박사님 모시고 올라가라"며 키 카드를 건네주니 성회장은

"이번에는 어떤 기교의 작품을 그려낼지 허허"

이미 심회장은 전 작가의 책 70권을 다 보신 애독자다. 유리와 팔짱을 끼고 문을 나오다 깜짝 놀랐다. 문 앞에 청년들 10여명이 검정 양복에 나비 넥타이한 웨이터들은 조폭들로 90도 허리를 꾸부리듯 인사하며

"편히 쉬십시오."

큰소리로 말하니 큰형님이 된 듯 으쓱해졌다.

호텔 룸에 들어서니 넓은 창문너머에는 해운대 앞 백사장과 넓은 바다가 한눈에 들어왔다. 달빛에 바다를 감상하는데

"박사님 목욕물 받았으니 샤워부터 하세요." 신혼여행 온 새색시처럼 서방님 모시듯 한다.

"학생 나는 피곤해서 샤워만하고 연애는 안하고 잘 터이니 안심해요."

"그러면 안되요. 연애를 안 하시면 회장님 한데 혼나요."

"염려 마요. 내가 연애 했다고 할게요."

"박사님 제가 마음에 안 드세요."

"아니야. 피곤하고 과음해서 그래요." 유리는 존심이 상하는지

"여기에 온지 6개월 되는데 저을 싫다며 연애를 안는 분은 처음에요"

"학생은 몇 살에 몇 학년이에요?"

"네. 21살 3학년이에요. 6개월만 더하고 손을 씻으려고 해요. 가정형편이 어려워 등록금도 못 내고 동생들도 제가 가르쳐야 되기 때문에 어쩔 수 없었어요."

"그러면 2차 나오면 얼마나 받아요?"

"하룻밤 모시는데 50만원을 왕 언니가 줘요"
"왕 언니가 누구에요?"
"아 네. 윤마담 언니요."
"집에 안 들어가면 부모님들은 기다리지 않나요?"
"같은 과 친구하고 오피스텔에서 룸메이트로 자취하고 있어요."
"그럼 그 친구도 이런 일을 하나요?"
"네 그 친구 때문에 여기를 알아서 나오게 됐어요."
유리는 자신의 학생증이 진짜라고 보이면서
"가짜 여대생 증을 가지고 다니면 고급 룸살롱에서는 안통해요. 성매매 업소의 여대생은 가짜들에요."
"밤의 세계를 잘 들었어요. 학생은 매출을 올리려고 몰래 술을 버리거나 폭음 하지 말아요. 성관계시는 반드시 성병 피임 콘돔을 사용 하고요."
"박사님 저 같은 것을 인격적으로 대해주셔서 고맙습니다. 저도 빨리 손을 씻겠습니다. 친구도 일 년만 한다고 하더니 이제는 면역이 되어 일 년만 더한다고 해요. 한번 발을 들여 놓으면 늪에 빠져드는 것처럼 점점 빠져 들고들 있어요."
"이제 너무 늦었으니 빨리 자요."

"유리는 샤워하고 올게요." 하드니 룸 형광등을 끄고 욕실에서 샤워를 하고 잠옷으로 갈아입고 나왔다. 머리에 샴푸 향을 퐁퐁 풍기며 둘이서는 손만 잡고 꿈나라로 잠에 빠져들었다.

비치호텔 창문 아침햇살에 눈이 부셔 잡고 자던 손을 놓았다. 폰에서 까꿍 소리가 나서 폰을 터치하니 일본에서 온 쓰미고의 카톡 문자다.

[나만의 영웅이신 오빠 고운 밤 잘 주무셨습니까? 아침식사는 제왕처럼 드세요. 길가에 벚꽃은 아직까지도 화창한 봄기운을 느끼게 해줍니다.

지난 시간들 하늘과 눈이 부시게 밝은 햇살을 느끼기에 충분 합니다. 벚꽃 향기로 즐겁게 보내세요. 그리고 하루빨리 다시 오시길 손꼽아 기다릴 게요. 아니면 나 오빠 보고 싶어 참을 수 없어 서울 갈 거예요. 오빠.

오빠가 카톡으로 보내주시는 연재소설은 너무나 재미있게 보면서 세상 물정에 배울 점이 너무 많습니다. 오빠 난 어쩌면 좋아요. 오빠의 그리움 때문에 신열이 나기도하고 마음이 들뜨게 그러지 마세요. 너무 짠하게 하는 게 어디 있어요. 그럼 난 싫어요. 오빠.]

「순진한 여자의 가슴에다 돌을 던진 사내야
　떠나버릴 사람이라면 사랑한다 말은 왜 했나
　활짝 핀 꽃처럼 웃던 얼굴이 웬일인지 요즈음 우울해졌네.
　순진한 내 가슴에 돌을 던진 사내야
　미운 사내 미운 사내 얄미운 사내야
　순진한 여자의 가슴에다 돌을 던진 사내야
　떠나버릴 사람이라면 사랑한다 말은 왜 했나
　활짝 핀 꽃처럼 웃던 얼굴이 웬일인지 요즈음 우울해졌네.
　순진한 내 가슴에 돌을 던진 사내야
　미운 사내 미운 사내 얄미운 사내야
　미운 사내 미운 사내 얄미운 사내야
　　　　　일본에서 긴 문자가 날라왔다.」

카톡을 보고 있으니 성회장도 벌써 일어나 폰이 왔다.
[시원한 복국하게 일식집으로 내려오소.]
[예 잠시만 기다리세요. 샤워하고 빨리 가겠습니다.]
부랴부랴 서둘러 유리와 식당으로 내려가니 성회장과

장여사가 기다리고 있었다. 보자마자

"잘 잤능교?"유리를 처다 보면서"소설 여주인공이 될 수 있던교 ㅎㅎ" 장여사가 옆에서 성회장의 옆구리를 꼬집으며 짓궂으시긴 유리가 무안해 하는데 4인분의 복지리 식사가 나왔다.

"숙취에는 복보다 더 좋은 것은 없지요. 자 시원하게 듭시다." 유리는

"회장님 잘 먹겠습니다." 하면서 모두들 수저를 든 후에 수저를 뜨고 있는 것으로 보아 하나를 보면 열을 알 수 있듯이 가정교육을 잘 받았다.

부산에 마지막 일정으로 식사가 끝나자,

"너무 대접을 잘 받았습니다. 회장님하고 여사님도 수고하셨어요. 이제는 해운대에서 지하철로 김해공항으로 가겠습니다." 성회장은

"아니 내차로 가지"

"아닙니다. 지하철이 길도 안 막히고 편해요."하니

"중도금 지불 날 또 한번오소. 그때 와서 제품도 보시고."

"이제는 아침에 왔다가 저녁에 올라가겠습니다. 하룻밤 자게 되면 이제는 무섭습니다. 선배님 에게는 손발

다 들었습니다."그때

"유리야 박사님 어떻더냐? 경험하지 못한 테크닉이"
하니

"하늘을 봐야 별을 따지요."

"이크 그게 무신 소리야?"

"박사님은 도 닦는 도사님 같아요. 어떻게 젊은 여자가 벗고 나잡아 잡수 하는데도 꼼짝도 않으시니 황진이가 유혹해도 흔들리지 않던 학자 서경덕 같아서요."

"밤새도록 해도 사정을 않는다고 하고, 고량진미도 배부르면 보기 싫다더니 참으로 존경스럽소이다."성회장이 말한다.

여자 사냥꾼 성회장하고 아쉬운 작별 후 차속에서 되돌아보니 성회장이 목이나 축이러 갑시다. 하면 겁이 덜컥 났다. 거구라 부어도 부어도 밑 빠진 독이었다. 대작을 하다가는 이겨낼 수가 없으니 먼저 쓰러지지 않으려면 중간에 빠져나오는 것만이 답이다. 성회장은 사업도 잘하지만 선달 형 있었다. 바늘과 실처럼 따라다니는 딱가리인 독신녀 장여사부터 연예인, 은행원, 여대생까지 여자사냥에는 킬러였다.

이제 가방모찌가 된 장여사는 성회장이 음주 시 대리

운전까지 한다. 꿩 먹고 알 먹는 일석이조다. 40대인 장여사는 연예인출신으로 교양에 지성미까지 갖추어져 무척 예뻤다. 그런 여자를 성회장이 그냥 둘 리가 없었다.

남자는 성 에너지가 강한 자가 사업도 열정적으로 잘한다. 성회장은 자기 체험담을 모두 다 털어 놓을 터이니 대필을 해서 책이 나오게 하면 안 되겠느냐며, 자신은 글로는 한 줄도 표현할 그런 재주가 없으니 전 작가가 해줄 수 없느냐고 한 적이 있었다.

그러면서 시간이 없으니 장여사를 넘어트린 요점만 말해주었다.

그녀가 얼굴값을 하느라 얼마나 나을 애먹였는지 하도 애달게 하니, 오기가나 두고 봐라 열 번 찍어 안 넘어가는 나무 없으니 반드시 쓰러뜨리고 말겠다. 다짐하고는 호시탐탐 기회만 엿보았지요.

장여사는 윤마담 밑에서 30명의 호스티스를 교육시키고 관리하는 멤바씨였죠. 아가씨들은 저녁 5시까지는 출근하여 화장하고 손님방에 들어갈 때는 반드시 스타킹과 팬티 젖가슴 가리개를 벗게 하고 미니스커트를 입어야 한다. 어떠한 수모에도 참고 손님 기분을 맞추어야 한다고 교육을 시켰다.

남자들 노리개인 화류계를 하는 이유는 젊은 나이에도 잘 벌 때는 몇 천을 벌기 때문이다. 돈에는 무엇을 하여 벌었는지 쓰여 있지 않다. 돈은 귀신도 부리며 개같이 벌어 정승 같이 쓰라는 것은 궂은일을 하여 벌었더라도 떳떳하게 쓰라는 뜻이다. 돈은 창녀를 귀부인으로 도둑놈을 백작으로 거지를 신사로 만들기 때문이다. 젊은 여성들이 돈 앞에 무릎을 꿇는 것은 쉽게 돈을 벌어서 이다. 장여사는 큰 언니답게 인성교육도 시킨다.

장여사는 멤바씨 일로 밤에는 꼼짝 못하게 바쁘다. 성회장은 낮 시간에는 공장을 비울 수 없었다. 그러니 성회장은 장여사가 보고 싶으니 룸살롱으로 저녁이면 찾아갈 수밖에 없었다. 젊고 예쁜 아가씨가 30명이 넘는데도 굳이 장여사만을 찾아 옆자리에 파트너로 같이 하였다.

성회장의 트레이드마크는 아가씨의 개미허리보다도 더 큰 허벅지였다. 과시하느라 꼭 바지를 걷어 올리고 마이크를 잡았다. 여자들은 혀를 내두르면서 좋아해도 장여사는 흔들리지 않았다. 아가씨들은 손님방에 들어가는 것이나 2차로 외박 나가는 것도 멤바씨인 장 언니의 허락을 받아야 했다.

하루 저녁에 몇 백만 원씩 비싼 술을 마시러 오는 손님들은 젊고 예쁜 여자 안아 보려고 오는 것이다. 그러기에 빛이 뻔적 뻔적 빛나게 미모를 관리하도록 하며, 앉아서 대기하고 있어도 질 수축 케겔 뒤룽박 운동하는 것까지도 장여사가 시키고 있었다.

호스티스 취업도 돈벌이가 좋다보니 경쟁률은 높았다. 20대로 고졸학력 이상, 신장은 165이상, 미모가 출중하여야 한다. 개중에는 이대 졸업생도 있었고 숫처녀도 있었다. 나이가차면 퇴기로 물러나 내가 언제 그랬느냐 싶게 결혼을 하여 아이도 낳고 잘살고들 있다.

장여사가 멤바씨로 있는 동안 버닝썬의 만수로 세트 일 억짜리 메뉴처럼 마약류인 흥분제를 술에 타 흥을 돋우는 짓은 금하였다. 아가씨가 오신 손님과 밖에서 만나 연애하는 것도 금하였다. 그런 경우 그 손님은 오지 않아 고객을 잃기 때문이다.

팬티도 벗는 직업이므로 멘스 기간은 결근 하여야 했고, 웃음과 몸을 팔아 팁으로 먹고사는 직업이니 고객의 마음을 사로잡아 팁을 줘도 아깝지 않다는 생각이 들게 아양과 애교가 넘쳐야했다. 안주도 꼬박꼬박 집어 손님의 입속에 쏙 넣어 주는데 타박할 남자는 없다.

인기가 있어 이방 저 방에서 1인2역으로 손님이 지명할 경우 절대로 다른 방손님을 찾아 간다는 것을 모르게 화장실이나 전화가 와서 받으러가는 것처럼 하여야 했다. 손님이 마음에 안 들어 다른 여자로 바꾸어 달라고 해도 비굴한 자존심을 내보이면 안 되었다.

장여사는 엄하였다. 테이블에 나체로 올라가서 아래로 불어서 촛불을 끄고 아래에 동전을 넣어다가 떨어뜨리거나, 아래에 붓을 꼽아서 붓글씨를 쓰고 가슴골에 부은 양주가 골을 타고 내려오면 아래에서 술잔을 대고 받아 마시는 용궁주 놀음은 삼가 하도록 하였다.

손님의 노리개로 수모를 참으며 모은 돈으로 가게를 차려 자립하거나 스폰서가 차려줘 가게를 하는 경우도 많았다. 룸살롱 사업을 여자가 할 경우 거의가 뒤에는 스폰서가 있었다. 또 다른 룸살롱에 오마담은 재벌 회장님의 작은 사모님 역할을 하면서도 잠자리 파트너는 또 다른 남자가 따로 있었다.

허영에 낭비가 지나친 호스티스는 팁으로 번 돈을 모두 써버리고 빚까지 지기도 한다. 반대로 악착같이 결심하고 모아 저축을 해서 어엿한 사업주가 되는 여자도 많았다.

사람은 감정의 동물이다. 직업에는 귀천이 없다고 하지만 하잘것없는 직업을 가졌어도 지렁이도 밟으면 꿈틀 거리듯 손님에게 인격적 대접을 못 받고 수모를 당하면 비참한 생각에 분개하게 된다. 그에 대한 보복에 분풀이로 호스트바에 가서 객기를 부리며 푼다.

손님들이 자신에게 하였듯이 똑같이 젊은 남자호스트에게 아까운줄 모르고 돈을 뿌리며 양주를 마시며 남자도 사서 성매매를 하는 어리석은 짓을 한다. 장여사는 머리를 절래절래 내두른다. 귀에 딱지가 앉도록 가르쳐도 소귀에 경 읽기다. 머리가 비었으면 몸이 고달픈 것이 맞다면서 신물을 낸다.

성질 머리가 더러운 애는 손님이 아래를 심하게 더듬었다고 술잔을 손님 얼굴에 뿌려 가게가 발칵 뒤집혔다. 손님이 신고하여 파출소에서 경찰이 오고 난리가 나기도 하였다.

모든 일이 그러 하듯이 똑 같은 일을 매번 반복하면 싫증이 나기 마련이다. 독신녀인 장여사도 멤버 일을 몇 년 똑같이 반복하니 스트레스도 쌓여 하루 쉬고 싶었다. 그때 마침 성회장으로부터 점심을 같이 하자는 전화가 왔다.

망설이다가 회장님 공장 구경도 하고 싶으니 그리로 가볼까요? 성회장은 무릎을 치며 쾌재를 불렀다. 기여이 기회가 왔구나. 피부로 느껴졌다. 떡줄 놈은 생각지도 않는데 김칫국부터 마시는 격이다.

급기야 장여사가 공장에 들어서자 성회장은 환대를 하며 방문 기념으로 자기가 생산한 골드 24k 반상기를 선물로 주면서 동래온천장 식당으로 옮겼다. 그렇게도 쇠가죽처럼 빳빳하던 장여사가 오늘은 밀가루 반죽처럼 부드러워졌다. 성회장은 총각처럼 가슴이 두근거렸다. 명절날 이외는 한 번도 쉬지 못하여 오늘은 가게도 안 나가고 쉬어야겠다는 말을 들은 성회장은 식사가 끝나자 마치 생선가게를 고양이에게 맡긴 꼴로

"장여사 그러면 모처럼 쉬는 날이니 야외로 드라이브나 합시다."

"회장님은 바쁘지 않으세요?"

"나야 장여사가 먼저죠."듣기 좋은 말만 하였다.

"멀리 가는 건 싫어요."하며 또 튕겼다. 성회장은 계획이 실패 할까봐 이마에서는 식은땀이 났다.

"울산으로 해서 경주로 돌아옵시다."하며 안심을 시키었다. 시간을 끌기 위한 작전 이었다.

방어진에서 고래 부위중 제일 맛있는 부위를 맛보고 경주에 가니 저녁 무렵 이었다. 성회장은 7성급 호텔로 벤츠를 몰고 들어갔다. 장여사는 깜짝 놀라며
"아니 여기는 호텔이니 왜요?"
"정여사 오늘은 내가 하자는 대로해요. 공장에 오신다기에 이미 450만원 방값을 치렀어요."

장여사는 저렇게도 나를 원하니 죽으면 썩을 몸 한이나 풀어주자는 심산으로 마음에 문을 열었다. 기어코 상사병이 날 정도였던 성회장은 소원성취를 풀자 말소리부터 달라졌다.
"당신 멤바 그만두고 내 비서로 쫓아 다녀 그러면 보장해 줄게."
여자는 처음 한번이 어렵지 한번 자빠트려 도장 찍으면 바늘 가는데 실가 듯하다. 장여사는 직장을 그만두고 성회장의 그림자처럼 졸졸 쫓아 다녔다.
그래서 준상이 부산에 있는 동안도 성회장 곁엔 늘 장여사가 있었다.

센 놈 바르는 양코

수명 120세 시대 60이면 반을 살았으니 60년을 더 살게된다. 예전 같지가 않아 **사는 재미가 없다는 말은 옛말**이다. 간절히 원하면 소원성취하여 **젊어지는 법**이다.

①기능성 양코 ②소팔메토 ③의료기 ④링 ⑤젤
특별가 : 5종 198,000원

바르는 양코

삼성제약

식약처허가품

핫!! 뜨겁게~뜨겁게

남성의 필수품

명품인생 개발자 전박사

주름, 잡티, 미백에 좋아 젊어보이며 삼성 소팔메토는 50대 남자가 되면 누구에게나 다 오는 전립선 비대에 밤잠을 설치며 화장실을 들락거리는 불편함까지 덜어져 친구처럼 찾아 온 명품인생의 기회다.

3.인천의 고세령편

 부산을 뒤로하며 어젯밤 일을 회상하는 사이 부산에서 서울에 도착하였다. 사무실에서 커피한잔을 하는데 민자경 와이프로 부터 카톡 문자가 왔다. 한 달 전에 들었는데 바쁘다보니 와이프 여행가는 것도 몰랐다. 대학 단짝 엘리강스 친구와 오사카에 생일 선물로 2박3일 여행을 같이 왔다며 사진까지 인증 샷을 아래와 같이 보내왔다.

<오사카에서 민자경여사>

준상은 와이프가 여행간 사이 인천의 둘째 집에 가면서 성회장 생각이 났다. 잡은 고기에는 먹이를 주지 않고, 열 여자 마다 않는 성회장의 여자들인 은행원과 여대생에 대한 스토리가 궁금하였다. 이 세상에는 공짜란 없다. 돈을 주는데 싫다는 사람은 없으며 공짜로 받은 돈은 댓가를 치르지 않으면 배탈이 나거나, 가시가 목에 걸리게 된다.

생각이 짧은 사람은 자기만은 예외일 것이라는 생각을 한다. 성회장은 주거래은행에 경리를 보내도 될 것을 은행원 미쓰리가 보고 싶어 자신이 간다. 성회장이 오면 미쓰리는 지점장실로 안내하고 지점장도 쫓아 나와 허리를 숙이며 모시는 VIP고객이다.

예금통장과 도장을 꺼내놓으며 백만 원짜리 수표 열장만 찾아주소 하면 미쓰리는 받아서 해온다. 성회장은 지점장이 안 보게 미쓰리 수고했어. 하며 백만 원 수표 한 장을 손에 쥐어준다. 당황한 나머지 지점장님이 알까봐 얼른 감춘다.

그런 수법으로 세 번에 3백만 원을 건너 받은 미쓰리는 소금 먹은 년이 물 킨다고 회장님 제가 퇴근 후 저녁 식사를 모실게요. 덫에 걸려 먼저 꼬리 칠 수밖에는 없었다. 전박사는 페로몬 향수를 뿌리고 다녀서 그런지 여자가 저절로 따르고 경지에 올라지만 나는 돈을 뿌리지 않고는 안 되니 돈으로는 안되는 게 없다며 돈에 대한 위력을 과시한다.

여자대학 앞에는 카페가 널려 있다. 카페에 몇 번 드나들면 주인마담과 친하게 되므로 회장님하고 마담이 제의를 해온다. 장여사처럼 밀당도 필요 없으니 신경쓸 일도 없다.
카페에 담배 피러 오는 여대생들 상대로 연애할 의향을 묻는다. 반면에는 돈 없어 핸드폰 값도 못 낼망정 처녀성을 국보급 보물처럼 지켜 폐경기가 지나도 큰 벼슬로 아는 숫처녀 할망구들도 많이 있다.

전대표의 자가용 김기사는
"저도 대표님 같이 살래요."
"그게 무슨 소리야?"
"저는 대표님이 얼마나 부러운지 몰라요 롤 모델이세요."
"뭐가 그렇다는 말인가?"
"큰 사모님이 여행가서 안계시면 작은 사모님 댁으로 가시잖아요. 여느 사람들 같으면 사모님 오실 때까지 저녁도 쓸쓸하게 지내야 되는데요."

"뭐가 그게 그렇게도 부러워서 나같이 살아 보는 게 꿈이라는 건가"

"네 저는 결혼을 못하지만 대표님 모시고 다녀보니까 대표님은 세상을 다른 사람보다는 두 배로 사시는 것 같으세요. 남이 못해본 것을 다 해보셨으니 더 여한이 없으시잖아요."

"김기사가 겉만 보고 속을 몰라서 그래 두 집 살림 하는 놈 똥은 새까맣게 타서 개도 안 먹는다고 하지 않아 속이타고 애가 탄다네. 큰집에 가면 작은집 갔다고 입이 나오고 작은집에 가면 가지 말라고 붙잡고 그러니 김기사는 결혼하면 한가정만 충실하게"

아무리 열 번 잘해 주었더라도 한번 서운한 게 있으면 열 번 잘해준 것은 허사가 된다. 그래서 이 세상에서 가장 무서운 것이 사람이다. 사업가인 나의 약점을 가장 많이 아는 게 미쓰고와 김기사다.

 인천 석바위 대로변에 모피 매장과 골프용품 취급 점을 하는 골드엄마 고세령은 이치에 밝고 돈에 대한 집념이 강했다. 그러기에 여고 졸업 후 골드 주식회사에 근무 하던 중 10년이 지난 28살에 전대표님 하며

"드릴말씀이 있어요."하며 고백해 왔다.
"미쓰고 무슨 이야기를 하려고해 말을 할 듯 말듯 망설이며 뜸만 드리고 있어"재촉하였다.
무겁게 입을 열더니
"저는 결혼을 안 할래요."
"무엇 때문에 결혼을 안 해?"
"오랫동안 대표님을 지켜보았는데 시간만나면 책을 보시는 게 사업가 보다는 학자이세요. 공장 120명 전 직원도 대표님을 존경하며 사모님 얼굴이나 사진이라도 보고 싶어들 해요. 화도 내지 않으시고 성품이 온화 하시니 대표님 같은 남자가 있기 전에는 결혼을 안 할래요. 남자 잘못만나 지옥만 경험하느니 차라리 대표님에게 평생 있을래요."

미쓰고가 스무 살이나 많은 유부남인 나 때문에 처녀가 가슴앓이를 하고 있는 줄은 전혀 눈치 채지를 못했다. 남녀의 이성관계는 당사자 외는 모르듯이 연인사이에도 표현을 않고 고백을 안 하면 박사라도 알 수가 없다.
미스고가 우회적인 고백을 표현했을 뿐이지만 10년간 한 번도 얼굴을 못 본 사모님까지도 보고 싶다니 와이프는 공장이나 사무실을 한 번도 나와 본 적이 없으니 무척들 궁금 하였나보다.
미쓰고는 여고시절 총각 영어 선생님에게 짝사랑으로 몸살을 앓다가 같은 학교에 가정 선생님과 결혼을 하니 배신감이 들어 마음이 식어 버렸지만 지금의 대표님을 짝사랑하며 가슴앓이 하는 것과는 비교가 안 된다.

숨겨 논 여자를 김기사 외에는 누구도 모르게 두 집 살림을 하게 되자 미쓰고는 대표님에서 골드 아빠로 호칭을 바꿔 불러왔다. 그 역사의 시작은 김기사가 에쿠스를 몰며 진주에 출장을 가려는데
"대표님 저도 구경 갈래요"
"아니 진주라 천리 길인데 오늘은 올 수가 없는데 미스고가 따라 간다면 어떻게 해."
"그래도 갈볼래요."말렸으나 어린아이 떼를 쓰듯이 막무가내로 승용차에 올라타고야 말았다. 말려도 안 되자
"김기사 출발해" 경부고속도로를 달려 진주 센터에 도착하니 밤이 되었다.
그날 밤 생살이 찢기며 역사가 이루어져 임신이 되었

다. 그 아이가 골드며 족보에도 올라있고 가족관계 증명서에도 기재되어있다. 부 전준상 모 고세령 자 전골드다. 처녀를 애 낳게 하였으니 그 책임으로 혼자 힘으로도 살아갈 수 있게 기초를 만들어준 게 머리를 굴려 큰 사업체가 되었다.

지옥을 경험해보기 싫다고 처음에 고백했던 골드엄마 고세령이 천당을 경험하면서 말 타면 종 부리고 싶다더니 이제는 가족관계증명서 아래에 실려 있는 게 싫다며 맨 위에 올려달라며 몽니를 부린다.

즉 그 말은 굴러온 돌이 박힌 돌을 빼내듯이 본처와 이혼하고 자신을 정식 아내로 해달라는 뜻이다.

 이런 와중에 저녁나절 아세아 올림픽 아파트에 누가 찾아와 초인종이 울렸다. 내가 일어나서 현관문 밖을 모니터로 내다 볼 수 있는 작은 렌즈로 밖을 보다 깜짝 놀랐다. 민자경 와이프가 밖에 서 있는 게 아닌가. 문을 두드려도 사람이 없는 체하고 숨을 죽이고 있었다. 몇 번을 초인종을 울리더니 자가운전을 하면서 되돌아갔다.

아내 민자경이 집에 가서 속이상해 밤잠을 이루지 못하며 울고 있을 것을 생각하니 내 마음도 짠하니 아팠다. 만약 골드엄마 세령이 형님인 자경의 얼굴을 본적이 없으니 현관문을 덜컥 열어주었다면 밤새도록 어떠한 불난 이 벌어졌을지 난감한 일이다.

골드가 만 세살이 되면서 모든 비밀이 탄로가 났고 가정불화를 생각하니 고민에 잠길 수밖에 없으며 씨앗을 보면 돌부처도 돌아앉는다는데 끝까지 숨길 생각이었다. 차라리 몰랐던 게 약이 되어 더 나을 수도 있기 때문이다.

그런데 어떻게 인천의 올림픽 선수촌아파트까지 알았을까! 자경은 대학도 수석으로 졸업하여 머리가 명석하다는 것은 알았지만 심부름 센타를 미행시킨 게 틀림없다고 생각하였다. 결자해지(結者解之)라고 내 자신이 해결 할 수밖에는 없다.

가화만사성(家和萬事成)은 가정이 편해야 모든 일이 잘되는데 TV에 사랑과 전쟁 같은 일이 다가왔다. 3년간 아내가 몰랐을 때는 집에서 출퇴근을 하였는데 이제는 숨겨 논 여자가 드러났으니 아예 눌러 앉아서 출퇴근을 인천 에서 영등포로 할 수밖에는 없었.

그런데도 자경은 배운 사람답게 사무실로 찾아와서 난동을 부리지는 않았다. 경솔하거나 몰상식하게 극단적인 행동으로 남편의 체면에 먹칠한다면 돌아올 수 없는 다리를 건너는 길이 될 수가 있기 때문이다.

시간이 약이다. 자살 하려던 사람도 3분만 늦추면 마음을 되돌려 놓듯이 소나기가 올 때는 피해가야 한다. 일주일이 지나서야 집으로 들어갔다. 이미 엎질러진 물인 듯 체념하고 있었다.

"여보 미안해 사업상 어쩔 수 없었어요."

"되지도 않는 변명 하지도 마세요. 남자가 사업을 하다보면 외도 할 수도 있다고 하지만 혼 외자까지 낳는다는 것은 이해가 안돼요. 우리 집 아이들이 알면 부끄러워서 어쩌려고 그래요."

"임신한 것은 나도 몰랐어요. 회사를 그만두고 한동안 세령이 당진으로 내려가서 친정아버지 폐암 투병을 돌봐 드리다 배가 불러왔다는 것을 나는 전혀 몰랐어요."

"처녀를 망쳐 놓았으니 선수촌 아파트에 승용차에 모피 골프 매장 까지 한 살림 차려주었다면 그거로 그만두어야지요. 떡본 김에 제사 지낸다는 식으로 두 집 살림을 하자는 게 아니에요! 언니들이나 계원들이 뭐라는지 알아요. 신랑을 보니 늘 조심하여야겠더라. 그 사람은 절대 그럴 사람이 아니라고 하였는데 믿는 도끼에 발등 찍혔으니 이렇게 배신을 해도 되는 거예요? 부부사이에 믿음이 깨지면 안 되는 거 아니에요. 당신이 그 여자를 포기 하지 않고 또 가까이 한다면 모피 골프 매장을 못하게 할 거니 그리 아세요. 그러니까 양다리 걸치지 말고 둘 중에 하나을 택하세요." 즉 책임질 만큼 보상해주어서 먹고살게 해주었으면 됐으니 이제는 돌아오라는 경고였다.

아세아 올림픽선수촌아파트 매장까지 세세히 아는걸 보면 이는 분명히 심부름센터를 통해서 뒷조사로 아는 것이 아니고 김기사의 소행으로 의심 할 수 밖에는 없다. 그렇게 의심이 들기 시작한 것은 김기사는 승용차를 가지고 출퇴근 하였는데 아침에 나를 출근시키러 와서 차를 보면 뒷좌석에는 늘 긴 머리카락이나 과자 부스러기에 흔적이 자주 나왔다. 그래서 퇴근 시에는 미터기를 메모하였다가 아침에 대조해보면 무려 약 300킬로를 더 운행한 것이다. 김기사는 인터넷 광고로 에쿠스 데이트 족을 모집하여 예약을 받았다. 퇴근 후 아베크족을 아산만까지 드라이브 영업을 밤새도록 하고 다녔으며 그 일로 차를 두고 퇴근시키니 그에 대한 해코지로 큰 사모님께 고자질을 한 것이다.

김기사는 투 잡으로 저녁에 하는 영업이 돈이 되었다. 돈맛을 보니 잊을 수가 없었다. 고급 중형차기사로 취업 할 길을 알아보려고 벼룩시장 정보지를 열심히 보더니 사람은 끝이 좋아야 또 만나는데 어느 날 사표를 내고 말았다.

 세령은 한낮 32세의 연약한 여자로 지옥이 아닌 천당만을 있을 줄 알았는데 자신의 부적절한 관계가 탄로나 인생에 최초로 가시밭길을 만났다. 하늘 같이 믿던 남편인 골드아빠가 생이별하게 되었기 때문이다.
"골드아빠는 집에서 책만 보고 계시면 안 돼요? 돈은 제가 벌어서 꾸려 나갈게요. 저는 골드에게 대학 졸업할 때까지 열심히 벌어서 빌딩 하나를 물려주는 게 꿈이에요. 꼭 그렇게 할 거에요. 앞으로 20년이면 충분해요."
"아빠에게 10년 동안 사업을 배워서 지금 모피매장 골프매장을 하고 있잖아요. 하나만 더 할게요. 최고급 한정식 집을 부유한 고객들만이 이용하게 만들게요. 모피코트를 구매한 고객들을 골프매장으로 들리게 한 다음 그분들이 인맥을 유지하는 친목회나 자녀들 결혼에 상견례 장으로 1인당 3만 원짜리 한정식을 하는 창덕궁 식당 하나를 더 할게요. 장사는 돈 있는 사람을 상대로 해야 부가가치가 높다고 아빠가 말씀하셨잖아요."

멀리뛰기 위해서는 개구리가 움츠리듯 세령이 사업을 마음껏 펼칠 수 있는 길은 골드아빠와 당분간은 떨어져 움츠리고 살아야만 하였다. 민자경 여사를 안심시키지 않고는 사업을 마음 놓고 펼쳐 나갈 수가 없다. 때가 아닐 때는 피해가는 길이 현명하다.

민자경 여사가 모르는 3년 동안은 걸림돌이 없었기 때문에 승승장구 할 수가 있었다. 골프용품점을 유치하고 그 고객이 모피를 구매하고 또 창덕궁 한정식 집을 이용하게 되니 젊은 나이 인데도 인천에 유지가 되었다.

유지란 지역에 유명 인사를 말한다. 그러다보니 라이온스클럽 회원이 되어 골프필드에 나가게 되면서 큰 그릇으로 성장하며 하나의 인맥을 만들어 VIP 고객을 형성해 나갔다. 큰 부자는 하늘이 내린다고 하지만 고세령은 돈 버는 재능이 있었다.

어린 골드는 2백 급료를 주는 유모 도우미가 돌보게 하고 사업체 3곳의 관리와 또 고객관리차원에서 골프

장에 같이 나가서 공을 치고 돌아와서는 으레 창덕궁에서 저녁식사와 술잔을 밤늦게 기울이다 돌아가곤 했다.

고세령의 30대 젊음은 큰 자산이다. 사업은 피 끓는 열정과 집념이 있어야 매출이 오른다. 정신을 놓으면 누수가 새어 급감한다. 그리고 무리한 확장이나 대출 빚이 많은 사업은 금리와 원금 상환에서 헤어나기가 어려워 성공 하기가 힘들다.

고세령은 대출도 없고 이윤이 많은 고가 상품에 매출이 많으니 사업체 3곳에서 나오는 이윤 금을 모아 도심과 고향 농촌에 부동산을 사들이며 부를 축척하고 있었으나 골드아빠는 참견하지 않고 아내와 약속을 지키느라 세령과 떨어져 살았다.

고세령이 10년간 근무하면서 전박사에게 보고 들어 배운 게 많았다. 고세령은 지옥을 경험 하기는 싫다며 꽃길만 걷게 된 데는 남이 생각지 않는 독창적인 생각을 실천에 옮겼기 때문이다.

본 소설의 주인공 전박사는 70권의 남이 쓰지 않는 책을 독창적인 창작 기법으로 쓰며 광고를 오늘도 스포츠지 신문에 유혹소설 리얼돌 페로몬 큰놈 광고가 기재 되고 있다. 자신만이 개발한 70여 가지에 특허품

독창적인 발명에 창작으로 박사학위를 수여 받기도 하였다. 아침마다 8년간 3만 독자에게 명언칼럼 문학작품 창작소설을 연재하는 것도 전박사 만의 창작이다. 남이 하는 것을 따라하여서는 선두주자가 될 수가 없고 이길 수도 없다.

인간은 자신을 알아주기를 바란다. 고객의 심리를 모르면 장사로 성공 할 수가 없다. 한번 다녀간 고객을 기억하고 반기며 아는 체를 하면 단골로 이어지지만 까맣게 모른 체하면 뭐 그런 집이 있어 하고 발길을 끊는다.
이름이나 호칭까지 불러 준다면 금상첨화다. 그러면 장사는 일취월장 할 수밖에 없다. 고세령은 기본적인 것까지 점원들에게 철저히 교육을 시키었고 그뿐만 아니라 여자 손님이 많이 오는 업종인 모피코트 점포에는 키가 훤칠한 미남 총각 점원들을 두고 남자손님이 많이 오는 골프 매장에는 미스코리아 뺨치는 아가씨들을 고용하였다. 한정식 고급 창덕궁에는 깔끔한 처녀 총각들만 서빙 하는 상술은 매출로 이어졌다.

여자의 얼굴은 남편의 얼굴이며 여자의 팔자는 뒤웅박 팔자다. 부잣집에 간 뒤웅박은 늘 쌀 곡식만 담는데 가난한집에 간 뒤웅박은 늘 소여물만 담긴다. 여자가 어떤 남자를 만나느냐에 따라 팔자는 뒤바뀐다.

부자 되는 비결은 부모님이 가난 하였거나 시련을 많이 겪어 봐야 큰 사람이 된다. 극심한 빈곤을 겪어 보지 않고는 돈을 모을 수가 없다 민자경 여사는 대구 도시에서 직물공장 고명딸로 대학까지 부유하게 자라왔다.

그러나 고세령은 농촌에서 고생하며 자라 고등학교를 어렵게 졸업하며 직장에서 받은 월급도 아버지 병원비에 보태며 살아왔다. 그러니 두 여인은 정반대에 삶을 살았다.

조강지처(糟糠之妻)란 먹을 게 없어 나무껍질을 벗겨 끼니를 이어가며 고생을 같이해온 처음 같이한 아내란 뜻이다. 어려움을 같이하며 곤궁할 때부터 고생을 함께 겪은 본처가 조강지처다. 조선시대에는 여자가 자결을 할망정 이혼이란 없었다.

세상이 바뀌어 생활이 풍요로워 지자 귀해지면 사귐을 바꾸고, 부자가 되면 아내를 바꾸는 게 일반적이 돼버렸다. 그러나 가난하고 비천한 때에 사귄 사람은 잊으면 안 되고 찌깨미와 쌀겨를 먹으며 고생한 아내를 버리면 안 된다.

본처 민자경과, 두 번째 고세령 두 여인 사이에 누구를 선택하여야 할지 준상는 고민에 빠졌다. 젊고 미래가 밝은 세령을 택하느냐 조강지처를 택하느냐에 갈등이 생기며 두 여자를 모두 차지하는 방법은 없을까도 생각해 본다.

민자경이 금 수저라면 고세령은 흑 수저로 퇴근 후나 휴일에도 알바까지 하며 옷도 안사입고 화장도 민 낯이었다. 차비를 아끼려고 걸어 다녀 처녀 다리가 축구 선수 다리 같았다. 몸에 밴 습관은 돈이 지갑에 들어가면 돈이 녹을 정도였다.

민자경은 대구에서 경북대 상과를 수석으로 졸업하고 상경하여 자취하면서 출판사 총무과에 취업되어 다니는 중이었다. 준상은 군 제대를 마치고 취업을 하려고 신문 광고를 열심히 보고 있던 중에 출판사 편집부 공모에 이력서를 내고 취업되었다.

민자경이 다니고 있는 출판사였다. 준상은 같은 회사 근무 중에 인연이 되어 같은 직장에 같은 하숙집에서 우연히 만나 운명적인 인연을 맺게 되었다.

섬섬옥수(纖纖玉手)란 아름답고 가냘픈 미녀의 손을

말한다.

고세령 하고는 달리 민자경은 결혼 후로는 자기 손으로 돈을 벌어 본적이 없다. 아이들도 유모나 도우미가 키웠으니 손끝에 물 한 방울 묻히지 않고 살아온 섬섬옥수에 손은 가냘프고 아름답게 고왔다.

고세령의 손은 식당접시를 닦는 투 잡 알바로 거북등 같이 갈라진 거와는 대조적 이였다. 민자경은 자가운전하며 수영장이나 가고 컴퓨터 인터넷 공부와 주말이면 산악회회원들과 등산 다녀오는 것만이 전부였다. 그런데도 사무실이나 공장은 한 번도 들리지 않았다.

민자경은 집에 있을 때는 인터넷으로 시와 음악을 넣어 동영상 제작을 만드는데 만족감을 느끼며 흐뭇해하며 몰입하는 일이 전부였다. 때로는 학부형들 친목 회원들과 몰려다니며 쇼핑을 하거나 해외여행을 다녀오곤 했다.

인생 초기20년 교육이 남은 80년을 좌우하는데 골드가 성장해가면서 아비 없는 호로 자식이란 소리를 들을까봐 가슴이 아프다. 어릴 적에는 부모의 뒤를 보고 자란다고 하는데 엄마가 밤늦게 퇴근해서 들어올 때까지 도우미 유모 하고만 지내니 배우는 게 부족하기 때문이다. 일본으로부터 병자호란에 아녀자들이 능욕당해 낳은 아이가 호로 자식이고 중국 쪽에 여러 오랑캐들에게 침범당하면서 능욕당하여 아비가 누구인지도 모르고 낳은 아이의 어머니가 화냥년이다.

원하지 않은 아이를 중절수술을 할 수가 없어 어쩔 수 없게 출산하게 된 여자를 화냥년이라 불렀다. 거기에서 낳은 자식을 호로 자식이라 손가락질 받으며 멸시를 받았다. 요즘에는 아비 없이 자란 자식들이 가정교육을 못 받아 호로 자식이라 하고 정조관념이 헤픈 걸레를 화냥년이라고 한다.

인간은 시간이 남아돌면 딴 생각을 하게 된다. 그래서 군대에서도 편하면 탈영이 많아진다. 민자경 여사가 자가운전까지 하며 시간이 남아도니 진도 모피와 야마 골프 창덕궁 한정식을 인터넷에 검색하여 자가용 내비게이션에 입력하면 영등포나 목동에서 인천 석바위를 찾아가는 것은 순식간 이었다. 상상만 하여도 끔직한 일이다. 다른 것도 아니고 내연관계를 종업원들이나 고객들이 알면 고세령의 사업생명은 끝이다. 단골 고객들의 발길이 끊어지는 것은 불을 보듯 뻔하였다.

그래서 골드아빠도 세령에게 사업상 지장을 주지 않으려고 3곳에 업소는 찾아가지를 않았다. 골드는 붕어빵처럼 아빠를 닮아가며 무럭무럭 잘 자라며 어느 날은 잠시 들러 고래잡이 포경수술도 해주고 꼭 껴안고 사우나 온탕에 들어가기도 하였다.

현명한 자는 할 말과 안할 말을 가릴 줄 알듯이 외도를 하여서는 안 될 여자를 알고 있다. ①근친상간이다 ②친구에 부인이다 ③자신이 신세진 사람의 사모님이다. 이를 범 하여서는 도리가 아니다

그 외에 내가하면 로맨스 남이하면 불륜인 내로남불이므로 파트너로 이런 여자와의 사랑은 무관하다.

①임자 있는 유부녀 ②임자 없는 독신녀 ③처녀 기녀 무당 ④상사직원 도우미 ⑤세컨드 자기아내

나라에서는 성에 간섭을 않겠다며 위헌으로 간통죄도 없어지고 낙태죄도 없어지며 성매매 죄도 없어진다.

세령은 아빠의 자상함에 더욱 머리가 숙여진다며 감동한다. 사람들은 식사는 편식하면 안 된다며 고루고루 먹어야 한다고 하지만, 아빠처럼 음식 하나하나가 보약이라며 그 약성까지 말씀해주셔서 머리에 쏙쏙 들어와 편식을 않게 되었단다. 칫솔질까지도 이만 닦는 게 아니라 혓바닥도 칫솔로 닦아내고 잇몸과 볼 안쪽에 입천장까지 가르쳐 주시며 충치 입 냄새가 안 나게 된다고 하셔서 아침 점심 저녁 세 번을 꼭 그대로 하고

있다며 아빠는 박사님이 맞아요. 배울 점이 너무 많다고 말한다.

식사 전에는 물을 마시면 위액과 희석되어 소화에 나쁘며 잠자기 4시간 전에는 야식을 하지 말고 밤새도록 속을 싹 비우면 위와 대장이 건강 하다고 좋은 말씀만 해주시는데 이제 오실 수 없다면 아빠 없는 세상 무슨 의미가 있냐며 한숨 진다.

사모님 때문에 장사를 못하는 한이 있어도 절대 안 돼요. 저의 인생에는 아빠가 전부에요. 오랫동안 가슴조이며 여기까지 어떻게 왔는지 아빠가 잘 아시잖아요. 그리고 사업도 자본금보다 몇 십 배로 늘려 놓았는데 세령은 말을 잘하고 영리하므로 골드아빠를 놓치고 싶지가 않았다.

그 사람을 알려면 말을 시켜보거나 술을 먹여보면 알 수가 있다. 그보다는 가장 위기에 빠졌거나 참을 수 없는 분노에 놓였을 때 대처하는 것을 보면 그 사람을 알 수가 있다. 오랜 시간이 흘렀는데도 끔찍이 사랑하며 골드아빠를 하늘같은 서방님으로 생각하고 있었다.

몸이 멀어지면 마음도 멀어진다는 뜻을 아는 세령은 땅이 꺼지도록 한숨을 쉬며 골드를 끌어안더니 어깨를 들썩이며 흐느끼고 있었다. 준상도 마음이 아련해 눈시울이 붉어졌다. 세령이 사업을 마음 놓고 하기위해 당분간 발길을 끊는 것이니 염려 마요. 골드와 천륜인데 어딜 가요. 하며 위로하였다.

사람의 마음을 사로잡는 영원한 것은 없다. 세월이 흐르면 마음도 변한다. 받고 싶었던 선물의 기쁨도 열흘뿐이고 제아무리 사고 싶었던 새 옷도 한 달뿐이다. 신형차도 일 년뿐이고 소원을 이룬 내 집 마련도 일 년뿐이다.
그러니 사랑의 유통기한이 3년이 되면 권태기가 온다. 결혼 후 권태기를 맞는 3년차에 이혼이 가장 많은 이유다. 아내 민자경은
"이제는 고세령 하고도 실증 날 때가 되었으니 그 여자도 놓아주고 돌아오세요. 젊은 여자가 혼자는 살수 없으니 다른 남자를 만나서 잘살게 해주고요. 아이는 내가 키울 테니 데려오세요. 그러다가 골드동생이라도 또 생기면 어쩌려고 그래요." 민자경은 신문도 보고 신앙심도 깊어 매사가 합리적이었다. 그러나 지아비로 섬기는 고세령이나 벌써 유치원에 다니는 골드나 천륜인데 떨어질 리가 없었다.
남자들은 아내를 사랑하지 않아서 외도를 하는 것은 아니다. 미스코리아 뺨치는 아내가 있어도 한눈파는

게 남자의 본질이다. 그런데도 여자들은 자기의 단물이 다 빠져서 한눈파는 걸로 오해를 한다.

여자들은 거의가 자신이 제일 예쁘고 똑똑한 걸로 안다. 공주병으로 제멋에 산다. 남자가 볼 때는 아닌데도 자기가 어디가 어때서 한눈파느냐고 따진다. 남자는 사랑 없이도 외도를 하기 때문에 집으로 돌아가지만 여자는 사랑 없이는 몸을 열지 않기 때문에 무너진 후에는 가정을 버리게 된다.

여자가 사랑에 빠지면 더 적극적이고 열정적이기 때문이다. 남의눈을 피해서 한밤중에 도망가는 야반도주도 여자가 주도하며 서두른다. 양반집 며느리가 남편이 병들었거나 사망하였을 때 자기 집 머슴과 야반도주하는 것도 밥만 먹고는 못살기 때문이다.

조선시대에도 일부일처제 제도였지만 왕이나 양반들만 제외였다. 행세 꾀나하려면 으레 애첩을 두고 두 집 살림을 공공연히 하였으며 거기에서 낳은 자식들은 이름은 있으나 민망하여 부르지 못했다. 남녀의 생식기 자×, ×지처럼 서자인 홍길동은 아버지를 아버지라 부르지 못하였다. 과거시험에도 응시할 수가 없어 출세길이 막혔고 양반은 종년을 겁탈하여도 문제되지 않았으며 거기서 낳은 아이가 서자로 평생을 음지에서 살

왔다.
지금은 시대가 변하여 산모가 원하면 어머니 성을 따라 출생신고도 할 수 있고 아버지 호적에 올려 가족증명서에 부자지간으로 기재되어 당당히 아버지와 자식으로 거리낌이 없게 되었다.

별명 없는 선생님은 없듯이 준상도 고향에서는 이름대신 어이 양코 하고 별명을 부른다. 키가 훌쩍 크고 피부가 허였고 서구적인 외모에 유난히 코가 크다고 하여 친구들이 붙여준 서구적인 별명이다.
그래서 이메일에 닉네임도 양코가 되었다. 친구들과 제주도 한라산으로 무전여행도 떠나기도 하였고 철없이 군대 가기 전에는 친구 따라 강남 간다고 총각딱지 떼러 온양에서 서울까지 올라와 청량리역 앞 588번지 창녀촌을 호기심에 어슬렁거리기도 하였다.
자본이 많은 장사꾼이 장사도 잘하듯이 젊은 시절부터 인생경험을 많이 쌓는 사람이 아는 게 많아진다. 이와 같이 모든 것은 젊음의 열정에서 우러나온다. 그러면서 꿈은 늘 탤런트를 동경하였다.

취업준비 중인 어느 날 TV에서 신인 탤런트모집 자막

이 나왔다. 준상의 가슴은 방망이질을 하며 뛰었다. 방송국에 준비서류를 들고 가니 몇 천 명의 지원자가 구름같이 몰려 들였다. 수험표를 받아 그날만을 기다렸다. 그 방면에 재능이 있다고 자신하였다.

씨 뿌리는 미끈한 종마 같은 체형은 로맨스역할에 적격이라 생각하며 백색 흰 양복에 백구두 로즈칼라 나비넥타이에 포인트를 주었다. 기성 연예인 보다 더한 연예인같이 보였다. 심사위원들도 로맨스 대본을 주어 오디션실기까지 보더니 입을 딱 벌리며 대형 스타감이라며 호평하던 심사평은 지금도 잊혀 지지가 않는다.

호사다마란 좋은 일 뒤에는 반드시 나쁜 일이 생기듯 하숙집 냉방에서 자고 아침에 거울을 보니 안면 신경 마비로 입과 눈이 돌아가 괴물의 형상에 실망하고 말았다. 구안와사(口眼渦斜)였다. 열심히 침을 맞으러 다녔으나 좀처럼 제자리로 돌아오지 않아 배우의 꿈은 무너지고 말았다.

준상은 그때부터 먹는 것은 가리지 않아도 누울 자리는 골라서 잠자리를 하였다. 의상도 유행하는 옷차림으로 다니니 텔런트사장이라는 별칭이 붙어 다녔다. 길에서 마주치던 사람들도 지나가다 다시 뒤돌아보면서 자기들끼리

저 사람이 텔런트인데 누구더라 하며 기억을 더듬기도

한다. 거래처나 사업에 관계되는 사람들도 으레 전박사 소설가 발명가라 부르지 않고 텔런트사장이라 불러 새로운 닉네임이 붙었지만 아픈 상처도 건드리게 하였다.

낙타가 바늘구멍에 들어가는 경쟁률인 5천명 응시에 5명을 뽑는 천분에 1의 경쟁에 합격 통지서를 받았다. 그야말로 천 마리 닭 중에 한 마리의 학으로 군계일학이다. 텔런트나 영화배우는 재능에 끼가 있어야 하지만 머리회전이 빨라 표현에 재치까지 있어야 했다.

소설을 빠짐없이 편집하는 편집장 이혜리는 준상의 마음을 읽고는 다음과 같이 위로해 왔다.

건강 하시고, 박식 하시고, 사업 잘하시고, 소설 잘 쓰시고, 여자에게 인기 많으세요. 작가님 글의 특징은 물이 흘러가듯 누구나 읽기가 쉽고 사실감 있어 재미있어요. 필력이 좋으시잖아요.

남이 못한 것들을 다 해보았으면 되셨지 텔런트 못한 미련을 뭘 그리 버리지 못하세요. 대표님은 유능하시니 꽃길만 걸으실 거예요. 하며 위로하니 편집장이 먼 데 사는 친척보다 이웃사촌이 더 낫다고 생각이 든다.

편집장 이실장이 고마워 답례를 하였다.

신제품 처음 본 순간 5분내로…OK

OK 페로몬 향수

외출시 / 사회활동시 / 잠자리에서… / 고객접대에도...

남성용

3병 99,000원

여성용

3병 99,000원

처음 본 순간 5분내로 첫 눈에 반하는 것은 그 사람에게서 나는 향기 때문으로 알려졌다. 말 못하는 짐승들 조차도 짝짓기를 할 때는 페로몬 향이 좋게 나는 상대에게만 허락한다고 밝혀졌다.

OK, 페로몬 향수는 최고급 향수 3종으로 3병 모두 다 각가 향이 달라 이웃집 여자도 반한다는 바로 그 향수로 지나가던 여인도 뒤돌아보며 미소를 짓는다. 잠자리에서도 OK! 외출할 때, 고객과의 접대, 사회활동 시에도 향기가 좋은 사람에게서는 오랜 기억이 남게 된다.

남의 여자도 홀리다는 그 향수!! YouTube 양코전박사 를 처보세요

자수정 010-3443-0183   지역 대리점 및 수출업체 모집
상담   010-2772-4146   010-8558-4114 전박사

농협계좌 130035-51-1656-95 예금주: 우희정

4. 톱탤런트 홍로즈편

 준상은 연기자의 꿈을 이루지 못하자 시나리오 쓰는 걸로 대리만족을 해보려 하였다. 시나리오작가는 배우보다도 더 험난한 길이 될 수 있으나 선배 연출자를 만나 경험담을 들어보고 싶었다. 하지만 시작이 반인데 선뜻 용기가 나지 않았다.

드라마 각본도 많이 읽어야 경험을 얻을 수도 있어 다보고 지난 각본과 대본을 구하러 방송3사 주변을 자주 나갔다가 어느 날 선배연출자 강감독을 여의도 커피숍에서 우연히 만나게 되었다. 선배님의 유명작품은 늘 TV로 접하고 있습니다. 하며 인사를 하자

유명 여자 탤런트인 가명 홍장미 예명으로는 레드로즈가 있었다. 이슬만 먹고 화장실도 안가는 여자로만 보이는 그녀가 강감독과 마주앉아 있다가 나에게 자리를 비켜주기 위하여 히프를 살짝 틀어 옆으로 옮겼다.

자리에 앉자마자 어머 누구시더라? 준상의 외모와 의상만 보고는 같은 동료 연예인으로 착각하고 있었다. 강감독은 악수를 청하며 "후배가 여기는 어쩐 일인가? 사업은 잘 되시고? 아참! 인사들 하게 이 사람은 영등포에서 사업하는 후배이고"

로즈를 가리키더니 "이 사람은 말 안해도 잘 알 테고"

준상은"영광 입니다"하며 손을 내미니

로즈는 앙증맞은 섬섬옥수 같은 손을 내밀며,

"어머 연예인이 아니세요. 영등포면 한동네 사시네요. 나는 여의도 사는데 그런데 연예인보다 더 멋지세요."

그녀의 칭찬에 손은 떨리고, 가슴이 벅차올랐다.

이때 강감독은 우리 이럴게 아니라 후배도 오래만이고 로즈도 있으니 저녁식사나 하자면서 옆에 레스토랑으로 옮겨갔다. 로즈는 핸드폰을 꺼내더니 매니저에게 "퇴근 하세요" 하더니 "감독님 술 한 잔 하세요. 자신이 웨이터를 불러 고급와인을 시켰다.

세 사람은 저녁식사를 하면서 고급와인의 알코올 기운에 대화가 무르익어갔다. 짧은 시간인데도 대화가 통하니 임의로워 친근감을 느꼈다. 준상은 언감생심 생각지도 못하던 인기스타와 함께 있다고 생각했는데 실상은 보통 여자와 다르지가 않았다.

선배 덕분에 좋은 자리가 되었고, 본명이 누구라면 다 아는 인기스타와 인맥이 되었으니 오늘 하루가 행운의 날이 아닐 수 없다. 로즈를 가까이서 보리라곤 상상도 못했는데, 로즈가 옆자리에 같이 앉아 먼저 말을 걸어 오니 준상은 마음이 편해졌다.

"자택은 어데 신가요?" 하며 물어보았다.

"네 우리 아파트는 여기서 가까워요. 도우미 아줌마하고 둘이서만 살아요. 선생님은 자택이 어디세요"

"저는 목동이에요." "가까 우시네요."

강감독이 "여기후배는 전에는 텔런트까지 합격하였던 사람이야" 하니,

"어머 그러세요."하며 로즈가 놀란다.

로즈는 고개를 돌려 빤히 쳐다보더니 하얀 이를 보이며 환하게 웃어 보였다. "왠지 예사롭지가 안으시다 했는데 아 그러시구나. 그런데 지금은 사업만 하시나요?"

강감독이 말을 가로막고 "여기 후배는 재주가 많은 친구야 소설도 얼마나 재미있게 쓰는지"

1. 아내의 남자   4. 핫나경
2. 불륜녀 천국   5. 보보
3. 주얼리 여인   6. 유혹

"이런 소설을 편집하여 드라마에 올려보면 좋겠어. 찐한 장면만 빼면 대박 작품인데 아직은 시기상조야. 드라마는 사랑이나 불륜 로맨틱한 작품이 히트 치는데, 방송심의 규제가 워낙 심하여 지금은 아니야. 간통죄도 없어지고 여자인형 리얼돌 수입도 규제도 풀렸으니 연속극에 대한 심사도 언제인가는 완화 될 거야."

"어머 재미있는 소설가시네요." 하며 로즈는 더욱 호기심이 발동하더니 준상에게 호감을 보인다. "오늘 감독님 뵙자고 약속하길 잘했네요." 하며 무척 좋아하였다. 그때 준상은 "선배님 덕분에 홍장미씨를 알게 돼서 영광입니다. 고맙습니다. 선배님"

"이제는 독서도 스마트 폰 시대라 책이 안 팔려요. 하루에 5분 독서법으로 제가 카톡으로 띄우는 연재소설을 꼬박꼬박 보시는 독자가 많아요. 꼬리말로 격려의 문자를 주시는 분이 있는가 하면 8년 동안 보고도 내외를 하는지, 벙어리 인지 입을 꽉 다물고 입도 뻥끗 하지 않는 분도 있고요."

"명언 시리즈는 20여권이나 썼지만, 애정소설 열권이 팔릴 때 명언은 한권이나 팔릴까 말까 할 정도에요. 그러니 자연히 연애소설 애정소설만 쓰게 되어요. 역시 드라마나 소설은 사랑을 다루어야 호기심을 보이게 되나 봐요.

대화 중에 강감독은 방송국에서 야간촬영준비가 다 되었다는 폰을 받자 마시던 술잔을 놓고 "두 사람이 예기하고 있어. 나는 들어가 봐야 돼" 하니 로즈는 "감독님 그냥 나가세요. 계산은 제가 할 거예요." 하고
준상은 "선배님 시간 나실 때 연락 주세요. 제가 한번 모실게요." 하며 헤어졌다.
이제 두 사람만이 남아 대화는 밤이 깊어가는 줄 모르게 익어가고 있었다. "로즈씨는 미혼이신가요?"
"선생님은 아직 모르세요? 매스컴에도 나오고 하였는데"
"아니 뭐가요?
"제가 성격차이로 이혼한 거가 화제였어요."
"아니 그런 일이 있었군요. 죄송합니다. 아픈 상처를 끄집어내서"
"아니에요 이제는 다 지나간 일이에요."
"성격차이가 얼마나 나기에 이혼까지... 아이는요"
"하늘을 봐야 별을 따지요"
로즈는 술이 취해서 그런지 처음만난 남자에게 스스럼없이 사생활 이야기를 털어놓는 게 순진한 건지 아니면 좋아해서 그런 건지 가늠이 안 되었다.

유명한 여자스타를 언감생심 범접할거라고는 꿈에도 생각지 못했는데 그녀도 스타이기 전에 본질은 보통 여자와 다름이 없었다. 여자로써 인기와 돈은 있으나 남자가 없으면 외롭기 때문일 것이다.

"연예인들은 스캔들이 이슈가 되면 인기가 추락해요. 그래서 이성 간에 접촉을 멀리해서 연애를 할 수가 없어요. 그보다 남자하나 잘못 만나면 빚더미 속에 헤매거나, 공지영 소설가처럼 세 번 결혼에 성이 제각각 다른 세 아이를 낳는 일도 있고요. 아무튼 여자에게는 치부를 드러내는 일이지요. 스타라고 좋아할게 아니에요."

"겉만 화려하지 속은 이런저런 일로 얼마나 생활하는데 불편한 일이 많은지 아세요. 너무나 스트레스 받아요. 여자는 능력 있는 남자 밑에서 아이 낳고 살림만 하는 여자가 제일 팔자 좋은 여자에요. 나도 그러고 싶어요."

와인만 하다가 양주를 마시니 취기가 돌아 그녀의 엉덩이가 무거워졌다.

준상은

"너무 취했으니 오늘은 이만합시다."하며 술값을 내려 하니

"그런 법이 어디 있어요."하며 로즈가 지불한다. 그리고는

"우리서로 말이 통하니 자주 만나요"하며 흐트러진 모습을 보였다.

대리운전 기사가 이미 대기하고 있어 로즈를 아파트 앞에 내려주고 여의도 에서 영등포를 거쳐 목동1단지 오는 시간은 불과 30분 정도였다. 집에 와서 샤워를 하고 누워 생각해보니 꿈인지 생시인지 싶었다. 대단한 스타가 처음본 사내에게 술까지 사다니 사람은 끼리끼리 만나듯이 감독을 만나니 배우를 알게 되었다. 잠을 자려해도 눈이 좀 채로 감기지가 않았다. 로즈는 콧대가 높은 스타인줄만 알았는데 사내를 원하는 본능은 여느 여자와 같았다. 다만 다른 것은 연속극 한편에 몇 억씩 받으니 미모가 머리부터 발끝까지 빛이 나는 것만 다를 뿐이었다.

톱스타 로즈를 만난 다음날부터 카톡에 꼬리말로 사랑은 급속도로 익어 갔다. 급기야는 보름 만에 기다리던 기대에 부응해 왔다. 오늘은 촬영이 없어 쉬는 날 이에요. 선생님은 시간이 어떠세요? 조심스럽게 탐색해 왔다.

바쁜 일이 있어도 시간을 낼 수 있다는 문자로 답을 하였다. 이어서 그러시면 매니저도 쉬게 하였으니 차를 가지고 여의도 자기아파트 앞으로 좀 오셔서 문자를 주시면 내려가겠다고 한다. 아니 진도가 이렇게나 빨리나가다니...

그 방면에 능한 준상은 면접 보러왔던 여자와 저녁 먹고 모텔에 갔고, 군에 애인의 면회를 갔다 오던 여인을 우연히 열차에서 같이 오다 역에 내리자마자 모텔에 간 게 제일 빠르긴 하였지만, 유명한 스타와 밀당없이 빠른 것도 처음이다. 두근거리는 가슴으로 아파트 앞으로 갔더니 얼굴에 미세먼지 마스크를 한 그녀가 나와 있었다.

로즈는 지난번에 타보아서 차를 알아보고는 먼저 손을 번쩍 들었다. 차를 앞에 대니 조수석에 재빨리 올라타면서 마스크를 벗었다.

"내 얼굴 가지고도 내 마음대로 못하고 이렇게 감추어야 하니 아이 속상해 선생님 어디 바람 좀 쐬러가요. 스트레스 좀 확 날리게요. 사람 많은 데는 싫어요."

"벤츠만 타면서 괜찮겠어요?"

"이 차가 어때서요?"

"그럼 아주 감쪽같이 조용한 곳을 알고 있어요."

"아니 그런데도 있어요. ㅋㅋ"

"혼자 지내신 지는 얼마 되세요."

"3년 살고 헤어졌으니 7년 되었네요"

"그렇게나 오래 되었어요?"

"그러면 남자 친구도 있겠네요?"

"어머머 남자친구가 어딨어요? 큰일 나겠네 그러면 오늘같이 쉬는 날 선생님을 만나자고 했겠어요? 연예인들은 연애도 못해요. 금방 들통 나 소문나요"

"그러면 오늘은 어쩌려고 그러세요?"

"그러니까 가면을 쓰고 나왔죠. 요즘은 기다리지 않고 여자가 먼저 대시하는 세상이라지만 스캔들 사고가 날까 망설여지지 않을 수가 없어요. 그래서 신중하게 생각한 나머지 선생님 이라면 믿을 수가 있겠더라고요."

"그게 무슨 말이에요?"하니

"보름동안 선생님 책을 보았어요. 책은 저자의 마음도 담는다는데 선생님 자신의 실화 같기도 하고요. 여자의 마음과 심리를 잘 아서서 흉보시지 않을 걸로 알고 난생처음으로 용기를 내어 보았어요. 제 말이 맞지요? 저는 무섭고 떨려요. 여자는 남자 같지 않아서 남이 알게 되면 흉이 되거든요. 사내들은 영웅심에 떠들고 다닌다고 해요. 그러니 강감독님께도 비밀이에요."

"물론 이지요 나도 바라는 바에요. 강선배가 알면 좋게 생각 안하실거에요. 로즈씨는 괜찮지만 나는 가정이 있는걸 아니 비밀을 유지하는 게 좋아요."

난 바람둥이는 질색이야 하면서도 허구를 상상으로 창작된 픽션도 있고 사실적인 논픽션 실화도 있는데 로즈는 유부남인 바람둥이라고까지 알면서도 만나려는 것은 무슨 까닭일까?

"남자를 잘못 알면 피해를 볼 수 있으나 박사님은 신분이 뚜렷하니 마음이 놓여요. 그런데 어쩌면 그리도 소설을 사실감 있게 경험해본 것처럼 적나라하게 묘사하세요? 우리는 드라마에서 가벼운 키스신도 난린데"

이런저런 대화 속에 어느덧 여의도에서 한 시간 거리인 의정부로 가는 송추 유원지 쪽 깊숙한 계곡이 있는 장릉가든에 도착하였다. 로즈는 가면마스크를 다시 얼른 쓰더니 차에서 내려 준상에 뒤에 붙어 따라갔다.

명찰에 <알바 여대생> 이라 붙은 학생이 뛰어 나와서는 "이리오세요." 하면서 뒤에 구석진 방으로 안내하였다. 로즈는 룸에 들어서서야 마스크를 벗더니

"세상에 식당인지 모텔인지 이런 데가 다 있네요. 욕

실에 화장실 까지도 있고. 저는 촬영하느라 안 가본 곳이 거의 없는데 이런 데는 처음이에요. 이런 데를 어떻게 아세요? 보는 사람이 없으니 너무 좋아요."

서빙 알바 생이 다시 들어오는 소리가 나자 로즈는 재빨리 욕실로 들어갔다.

"사장님 식사는 뭐로 하시겠어요?" 하니 준상은

"학생 차비나해"하면서 보안유지를 위해 3만원 팁부터 쥐어줬다. 이제 인터폰으로 하라면서

"저녁식사는 이따가 시킬게요. 하니

"네"하며 팁이 의외로 많았으니 대답도 은쟁반에 옥구슬이 굴러가듯이 혀가 말리듯 하였다.

팁을 받고 나가자 로즈가 나왔다.

"저녁식사를 이런데서 해도 될까 모르겠네."

"선생님 무슨 말씀이세요! 저는 고기보다는 된장찌개나 해물 탕 그런 게 좋아요"

"다행이네요. 톱스타라 이런데서 밥은 안 먹는 줄 알았는데. 외모와는 달리 서민적이네요."

"한국 사람인데 어딜 가겠어요. 김치, 고추장, 된장 안 먹고 어떻게 살아요."

"다행이네요. 식성이 까다로우면 어쩌나 했는데 고향

이 시골인가요?"

"아뇨. 서울에서 일란성 쌍둥이 동생으로 태어났어요. 앞으로는 쌍둥이 언니하고 같이 살려고요. 선생님도 운전기사 때문에 수난을 겪으셨듯이 사람의 일은 어떻게 될지 모르잖아요. 도우미보다 언니가 나을 것 같아요. 언니도 혼자 되서 있으니 모든 면으로 보아 비밀도 보장되고 믿을 수 있어서요.

그런데 이런 데를 어찌 아세요.?" 질투의 눈초리로 "단골이세요?"

"무슨 말씀을 그렇게 하세요. 천만에요 냉장고용 밀폐용기를 생산할 때 120명 전 직원을 버스 3대에 나누어 태우고 와서 단합대회를 이집에서 한 적이 있어요. 지금 인천에 골드엄마 고세령이 미리 와서 120명분 식사와 술을 예약하고 밴드마이크까지 거하게 놀아 본 적이 있어요."

로즈는 오해가 풀렸는지

"연예인들은 연애를 하고 싶어도 갈 데가 없어 외국에 나가서 만난다고 하던데 이런 데를 알면 호텔에 가서 쪽 팔리느니 이런 데로 오겠는데요."

"나도 로즈씨와 이렇게 올 줄은 꿈에도 몰랐죠. 그때 야유회로 여기로 미리 와보기를 잘했네요."그녀는 환

하게 웃으며

"그러니 아무나 택했겠어요. 선생님이니까 제가 이분이다 하고 택했죠. ㅋㅋ"

"인천에 고세령 덕분이네요"

"다른 여자를 떠올리며 이야기 하는 것은 나는 싫어요."하며 눈을 흘긴다.

그녀는 스캔들에 대해서는 과민 반응을 보이며 보안을 철저히 생각해 놓은 것 같았다. 종이가 한번 구겨지면 감쪽같이 다시는 펴 놀 수가 없듯이 여자도 공지영 작가처럼 한번 실패한 인생이 여러 남자를 거치게 되는 것이다.

"저녁은 해물탕으로 합시다." 하며 인터폰으로 주문을 했다.

"2시간 후에 연락하면 가져다주세요."

장릉에 깊숙한 계곡 속에 자리 잡은 장릉가든은 낙엽이 물드는 가을 저녁에 노을이 지고 있었다. 쥐죽은 듯 고요한 방안에는 두 남녀의 심장박동 소리만 들려왔다.

저녁상이 들어오기 전 두 남녀만 한적한 곳에서 마주하고 있으니 가슴은 더욱 설레며 사뭇 뛰었다. 사내는 그녀의 허리가 끊어지도록 힘껏 끌어안으니 그녀는

"어머머 나! 이래도 되는 거야." 하며 찰싹 안겼다. 입술을 더듬는 사내는 능숙하게 키스신의 한 장면처럼 그녀의 붉은 입술을 포개었다.

여자가 애무를 받으면 혈액이 뭉쳐 전신이 발기된다. 젖꼭지는 충혈이 되어 튀어 나와 빵끗 웃고, 음핵은 뻘겋게 부풀어 아기 고추처럼 발기되어 손짓한다. 사내는 결코 서두르거나 골대 문전에서 으윽 하고 자살을 하면 큰 거사는 물 건너가고 만다.

혁명에 성공하면 영웅이 되지만 반대로 실패하면 역적이 된다. 영웅이 되려면 여자가 소리를 잘 내고 칭찬을 해주어야 한다. 사내는 칭찬을 들으면 더욱 분발하게 되며 그 대가로 여자에게서 물이 많아지는 선물을 얻게 된다. 그것은 사랑의 상대성 원리다.

이미 그녀는 7년을 굶주린 여우다. 성욕이 이글거리며 무섭게 불타고 있었다. 사내의 능숙한 손놀림과 애무가 있을 때마다 빨리 뭉개지고 싶어 두 팔로 사내의 등짝을 휘감아 손톱으로 후벼 파고 암내 난 맹수소리를 낸다.

산골짜기 깊숙이 틀어박힌 룸에서는 소리 지르고 죽어 나가도 모를 정도로 은밀한 곳 이었다. 시간만 끌며 피아노 반주치 듯이 애무하다 귀두가 자두만한 게 쇠말뚝에 매달린 큰놈을 집어넣으니 그녀는 기절하다시

피 소리를 지르며 모든 세포가 일제히 기립박수를 친다.

사내의 귀두가 질속에서 구석구석을 휘저으며 주름을 자극 할 때마다 괴성소리는 달라진다. 뱃사공이 리드미컬하게 나룻배에 노을 저어가면 밑에서는 임자의 테크닉과 기교의 움직임에 따라 이대로 죽어도 여한이 없을 때 전신에 혈관이 확장되어 산삼 한 뿌리 먹는 효과를 보게 된다.

그녀의 코 평수가 넓어지며 오빠 나 이래도 되는 거야 하며 선생님이 아닌 오빠로 호칭이 바뀌었다.

일본에 스미꼬는 오줌을 싸더니, 다음 2권 5편에 등장하는 양산에 신나라는 눈을 허옇게 뜨고 혼절을 하다 깨어나고, 지금 홍장미는 향내가 나며 연기자답게 섹스표현이 연기자답다.

"순진한 나를 오빠가 다 버려 놨어. 저 밑에까지 다 가르쳐주면 어떡해." 그 계통에 달인인 사내는 그녀의 발가락 모두를 한입에 넣고는 혀를 돌려 침을 발라놓으니 그녀가 게거품을 품으며 온몸에 땀이 후줄근히 나도록 녹여 내었다.

능한 사내를 만나면 여자의 몸은 신비하게 변한다. 뜨

거운 몸은 풍선처럼 부풀어 오르고 활처럼 휘어지기도 한다. 남성을 잘 받아들이게 옥문은 나팔꽃처럼 헷까닥 뒤집어지면서 넓게 벌려놓는다. 만개한 꽃송이는 마치 꽃 수술에 꿀벌이 찾아와 꿀을 빨 듯 한다.

대화를 할 때도 맞장구를 쳐주어야 신이 나듯이 그녀가 "오빠 나 죽이려고 작정 했어요."라며 표현에 달인인 텔런트를 만나니 능숙한 사내는 더욱 실력을 발휘한다. 미각, 촉각, 후각, 청각, 시각 오감을 총동원하여 성 증진학답게 충성을 다하니 "오빠 나이러면 내일 촬영 못나가. 그래도 좋아 오빠"

그녀가 정신을 차렸다.
"부부 싸움을 얼마나 하였기에 이혼을 해요"
"아뇨 부부 싸움은 없었어요. 잠자리 차이로 헤어졌어요."
"성에대한 차이가 얼마나 나기에 웬만하면 살지"
"그 사람은 병원에서도 못 고치는 장애자에요. 육체적 문제가아니라 정신적으로 성에 대한 혐오주의자에요. 아주 희귀병 이래요. 그래서 병원에서도 안 된데요. 원인은 신앙심에 모든 걸 걸었거나 아니면 엄마가 타락하여 여러 남자와 성관계 하는 것을 어린 시절에 보고 충격을 받은 경우래요. 첫날밤부터 나를 소 닭 보듯 하는 거예요. 여자에 관심 없으면 왜 결혼해서 내 신세를 망쳤냐고 따져도 꼭 잠자리를 해야만 부부냐면서 그런 거 없이 살자고 하지 뭐에요. 나 참 기가 막혀서 그 뒤로는 나 홀로 매일 자위만 하다가 3년 만에 갈라섰어요. 그리고 오늘이 처음이에요."

"남자 없이는 못사는 선수던데 재혼을 했어야지요. 7년 동안이나 홀로 지낼게 아니지"

"어머머 공지영작가 못 봤어요? 7년간 네 번 재혼해서 성씨가 다른 세 아이를 낳았는데 아이 징그러워 생각만 해도 끔찍해요. 그리고 나를 좋다고 하는 남자는 내가 싫고 내가 좋은 남자는 오빠처럼 유부남이고, 재혼했으면 오빠도 못 만났게요. 오빠 힘쓰는걸 보니 소 한마리는 잡아 잘 먹어야겠어요."

"왜 부실하였나? 허전하여 양이 안찼으면 한 번 더 안아줄까?"

"아뇨 그게 아니라 잘 먹은 남자가 힘도 쓰고 뗏갈도 좋기에 오빠가 그런 남자 같다는 말이에요"

"술은 안마시고 저녁만 먹었으니 갑시다."

"오빠 오늘 안가면 안 돼요? 아니 내일 촬영은 펑크 내려고요."

"며칠 후에 와서 그때 자고 갑시다. 마스크를 써요 출발하게"
여의도에 내려주니 오빠 기름 값 식사 값이야. 하면서 백만 원짜리 수표를 앉았던 자리에 놓고는 얼른 내린다. "안 돼"

준상은 헤어지자마자 로즈에게 문자를 넣었다.
[무슨 돈이 이렇게 많아요. 지난번 저녁에 양주 값도 내어서 이번에는 내가 쓰려고 하였는데 번번이 신세를 지네요. 그리고 피임은 이상 없죠?] 하니 금세 답이 왔다. [막 바로 드리면 오빠가 안 받으실 것 같아서 놓고 내렸어요. 제가 바람 쐬러 가자고 하였으니 내가 내야죠]
[그리고 지금은 배란기도 아니니 걱정은 안하셔도 돼요] 문자를 보고 후유 저절로 한 숨이 내리 쉬어졌다. 연애를 했다 하면 임신 됐다고 하여 노이로제인데 여복이 터진 건지 아니면 여자에게 적선을 하여 천당을 갈지는 염라대왕이 알아서 할 일이다.

현관에 들어서니,
"저녁은요?"

"응 먹었어요."

"웬 비누 냄새가 이리도 나요 목욕 갔다 왔어요?" 여자 코는 개 코인지 얼른 거짓말이 안 나와 머뭇거리며,

"일하다 말고 무슨 목욕이요. 아 몸살기가 있어 땀 좀 빼서 한숨 자면 낫겠지"하고 넘어갔다.

노곤한 몸으로 눈을 감으니 장롱에서 그녀의 조각 같은 나체가 떠올라서 느꼈던 그대로 카톡으로 전하였다.

[귀하디귀한 그대여 그대는 어쩌면 그리도 그림같이 예쁘십니까? 당신의 허연 넓적다리는 숙련공이 공들여 만든 보물 같아요. 그대의 배꼽은 둥근 잔 같고 허리는 끊어질 듯 가냘퍼서 가련하였소. 뽕끗 솟은 두 가슴은 뽀얀 예술품이며. 긴 목은 잘빠진 꽃사슴 같고 두 눈은 맑은 호수와 같았소. 삼단같이 늘어트린 머리채까지 반하지 않을 수가 없었는데 어찌하여 그런 보석이 나에게는 과분하오. 오! 나의사랑 나를 기쁘게 하였던 그대여. 그대는 어찌 그리도 아름답고 고우며 마음씨도 비단결 같으신가. 늘씬한 키에 백옥 같은 피부 향내는 내 코에 능금 꽃 향이였소. 당신의 입술은 백년 숙성된 좋은 와인 이였네. 임이여 그대는 나의

것 나는 그대의 것이 되었소.]

그녀에게서 바로 문자가 왔다.

[오빠 잘 도착하셨죠? 옆에 언니는 안계세요? 언니가 너무 부럽다. 오빠 과찬이세요. 오빠가 더 멋져요. 오빠의 알몸을 보고 저는 황홀했어요. 어쩌면 그리도 잘 빠졌어요. 마치 잘생긴 종마를 보는 것 같았어요. 나에 임은 깨끗한 살결 혈색 좋은 건강한 미남 이였소. 오빠는 마치 군계일학 같이 만인 가운데 으뜸 이었소. 눈썹은 짙고 머리는 까맣게 풍성하여 까마귀같이 검었어요. 두 눈은 흐르는 물가에 앉은 비둘기같이 넘실거리는 모습이었어요. 두 뺨은 향기가 가득한 꽃밭에 향내음 풍기는 언덕이요. 그이의 입술은 맛좋은 꿀물이 뚝뚝 떨어지는 단물이랍니다. 당신의 손가락은 마술사가 되어 나를 감탄스럽게 하였어요. 님의 두 다리는 쭉 곧은 고속도로 같이 길었고 남자답게 늠름한 모습은 나의 마음을 흔들어 놓았어요. 님이시여 당신을 사랑 합니다. 잠 못 이룰 것 같아요.]

인생에서 가장 즐거운 일은
1. 섹스   2. 여행   3. 취미

이 세 가지의 기쁨을 마음껏 누린 사람이 행복하다고 하지요. 그러나 그것도 조건이 따르거나 마음이 편해야 하지요. 일본에 스미꼬는 이렇게 오빠가 안 오시면 자기가 서울로 찾아가겠다고 하고 인천에 골드엄마 고세령도 골드가 아빠를 찾는데 인천에는 언제 오실 수 있느냐고 한다. 여의도에 홍장미 탑 텔런트는 하루가 멀게 만나자고 하고 준상은 진퇴양란이다. 집에 있는 민자경 여사는 한눈 팔까봐 호시탐탐 지키고 있다.

세 여자들 등살에 늘 살얼음판을 걷는 심정으로 마음이 편하지가 않다. 그러다보니 세 여자들에게 선의에 거짓말을 하게 된다. 스미꼬 에게는 준비가 덜 되서 늦는다하고 고세령 에게는 참고 기다려 달라고 한다. 집에는 일이 바빠서 한눈 팔사이가 없다고 한다.
민자경 아내에게는 출장 핑계 상갓집 핑계를 대며 여의도에 로즈를 하루가 멀다하게 만나고 있었다.

장릉가든을 아지트로 삼아 밀회장소로 단골이 되다보니 알바 여대생 공하늘 하고도 임의롭게 되었다. 로즈는 쌜쭉해서
"저 학생은 왜 저리도 오빠에게 친절한 거야"하면서

질투 섞인 목소리로 한마디 한다.

여자들은 다른 여자하고 말만해도 질투심을 느끼고 있는 것이 본능일까 무의식 속에 지나가는 여자를 쳐다만 봐도 부부싸움을 하게 된다. 여자가 화났을 때는 작은 졸개처럼 이유를 달으며 쫌스럽게 맞서지 말고 져주는 것이 이기는 것이다.

"팁을 넉넉히 줘서 그럴 거야"

나는 당신밖에는 없어 하면서 화난 것을 풀어주어야 큰 그릇의 진정한 남자라고 할 수 있다, 여자에게는 이길수록 손해다. 끝까지 이긴다면 결국은 이별하게 된다. 남자의 자존심은 그런데 함부로 쓰는 것이 아니다. 지는 것이 이기는 것이란 이치를 터득하지 못하면 어리석은 것이다.

그녀를 달래서 포근히 감싸 안아주니 언제 그랬냐는 듯이 칠면조처럼 변하여 공작새가 네 활개를 활짝 벌리며 사내 품에 안기듯 하였다.

"오빠 오빠가 다른 짓하면 나는 싫어 오빠하고 하루를 같이 지내고나면 온 세상이 환하게 보여요. 오빠를 안 보고는 하루도 못살 것 같아. 나는 지금까지 뭘 했나 몰라 여태 손해보고만 살아 억울한 기분이야" 하니 준

상은

"온실 속에서만 살아 인생을 몰랐던 거야"

"그래요 이제서 눈을 뜨니 오빠하고 지내면 시간이 너무 빨리 가고 헤어질 시간이 가까워지면 고구마 먹고 목이 막혀서 체한 것같이 가슴이 답답해요. 오빠하고 매일 만나면 안 될까 그건 안 돼. 너무 자주만나면 싫증이 나는 법이고 꼬리가 길면 밟히는 법이야. 이 세상 이치가 그렇게 되어서 스캔들로 대서특필이 될 거야. 기자들이 얼마나 집요한지 우리들 사생활을 모두 다 들추어내어 세상에 폭로할거야."

"오빠 나는 너무나 우물 안 개구리로 살아서 사회 물정을 몰라요. 남에게는 피해 한번 안주고 살았는데 이번만은 언니에게 같은 여자로써 정말 미안하네요. 언니도 아직은 모르시는 거죠?"

"그럼 만약에 집사람이 알면 방송국을 들었다 놨다 할 거야. 그러니 조심 해야 돼. 지금까지 아는 사람은 아무도 없고 여기 공하늘 알바학생도 아직은 마스크를 쓴 얼굴만 봤으니 지금까지는 아무도 모르고 있어. 그러나 4대 명약 중에 하나인 노루배꼽 사향도 쌓고 쌓아도 향내가 품어져 나오듯이 로즈도 유명하니 마스크를 써도 드러나게 될 거야."

"아이 속상해 언제까지나 미세먼지 마스크를 쓰고 다

녀야 하는 거야. 미세 먼지도 없는 날인데 마스크를 쓰고만 계속 나타나면 미친 여자로 알게 아니야 ㅋㅋ 연예인들은 이런다니까 그러니 겉만 화려하지 속은 얼마나 불편 하겠어요. 안 그래요? 오빠."

장릉에서 외박하기로 하였기 때문에 저녁식사 후 차에 번호판을 가려놓으려고 나가보았다. 이미 번호판 앞에다 넓죽한 판때기가 비스듬히 세워져있었다. 그때 뒤에서 공하늘 학생이
"사장님 주무시고 가신다기에 제가 해 놓았어요."
"아니 학생이 퇴근을 아직 안하네."
"밤10시에 퇴근해요."
"그렇게나 늦게? 센스 있게 해줘서 너무 고마워"
"뭘요. 사장님 명함 한 장 얻을 수 있을까요?"
"학생이 내명함은 뭘 하려고 그래?"
"네 제가 사장님께 전화 한번 드릴일이 있어서요."
"그래 무슨 일인데?"하면서 바지 뒷주머니에서 패스포드를 꺼내어 명함 한 장을 꺼내서주니 누가 볼세라 얼른 받아서 손안에 감추어 말아 쥐었다.
"학생 집은 어딘데"

"이 동네에요. 집은 가까워요. 그래서 학교 다녀와서 오후에만 알바하고 있어요."

"응 그래. 그래도 힘들지 않아?"

"힘들어도 졸업하기 전 사회경험을 좀 쌓으려고요. 엄마가 말리셔도 제가 나왔어요."

"기득한 학생이네"

"사장님은 외박하셔도 집에 사모님이 아무런 말씀이 없으신가요?" 속으로 뜨끔하였다.

"같이 왔는데 뭘 저 사람이 우리 집사람이야." 헐 하더니 알면서도 속아 주는 척하면서

"사모님은 좋으시겠다. 자주 외식도 시켜주시고 바람도 쏘이려 야외에 같이 나오시고"

"앞으로도 잘 부탁해 학생!" 하면서 팁을 지갑에서 꺼내어 또 주니

"이제는 그만 주셔도 돼요. 안주셔도 제가 잘 모실게요." 하면서 손님방 에서 추가음식을 시켰는지 주방에서 학생하고 부르니 뛰어갔다. 그래서 준상도 방으로 들어오니 로즈가

"오빠는 나 혼자 두고 어디 갔다 한참 있다 오세요?"

"응 차에 이상 없나 좀 보고 번호판 좀 가려놓느라 그랬어."

"으응 애교를 부리며 난 오빠 없이 혼자 있는 게 싫단 말이야. 무섭기도 하고"

"알았어. 같이 있는 동안에는 안 떨어져 있을게" 하면서 본격적인 육박전으로 들어갔다.

"오빠 난 잘 못한단 말이야. 여자들은 다 제각각 이라는데 그게 무슨 말이야? 다른 여자들보다 못하는 거지? 난"하면서 애교를 부리며 뜨거워지고 있었다.

아니 여태까지 해왔는데 왜 이러시나 선수끼리 머리싸움을 하자는 건가.

"오빠는 내가 뭐가 선수야? 톱 텔런트답게 그것도 명연기 하 듯 하니 내가 미치는 거야" 정말 여자는 그것 잘한다는 칭찬이 최고의 칭찬이다. 잘한다니 너무나 좋아 한다.

"오빠는 아무래도 바람둥이 같아"

"왜? 무엇 때문에 그런 생각이 들었는데"

"여자를 옴짝달싹 못하게 하는 게 기술자 같아서 그래 ㅋ"

"어 그래 나는 와이프이외 자기가 처음인데 ㅎㅎ"

"으이그 거짓말 거짓인줄 알지만 듣기는 좋네요."

그녀 몸에서 퐁퐁 풍기는 특유의 향은 최음제와 같았다. 남자가 여자에게 흠뻑 취하는 것은 애교, 향기, 괴성, 자태이다. 이것들이 합치면 요물이 되어 사내들은 거기에 더욱 취하게 된다.

그녀가 흥분 될수록 살 내음은 더욱 찐하게 사내의 오감을 자극한다. 신음 소리가 자지러지게 뿜어져 나올 수록 사내도 마약을 먹은 듯이 도취되어 간다. 그것은 남녀 간에 생리적인 조화로 신이내린 선물이다.

그녀가 최고조로 오르가즘에 오를 적에 더욱 힘차게 몰아붙여 혀가 뽑힐 듯이 빨아내면 자궁이 끌려 올라와 입으로 나오는 기분이라며 감동을 한다. 사내의 등짝을 북치듯이 때리며 그만~그만~ 소리쳤다.

무드 등에 희미한 불빛 속에서 그녀의 피부는 대리석 같이 매끈하게 빛이 났다. 사내는 고기가 물을 만난 듯 그녀 썸싱 봉으로 회롱을 1차로 전희를 하였다. 본격적으로 그녀가 무릎을 꿇고 백기를 들도록 다섯 손가락 모두를 입속에 넣고 혀를 돌려 자극적인 애무를 하였다.

썸싱 봉 다음으로 손가락과 발가락 애무를 하자 그녀는 졸도 직전까지 갔다. 사내는 이때가 타이밍이므로 신호와 동시에 볼트를 너트에 드라이버로 돌려 박듯이 빙빙 돌리니

"오빠빠빠 나를 죽일려고 그래? 그만그만" 하더니 사내를 힘차게 껴않으며 부르르 떤다. 으흐흑 으흐흑 하고 울부짖는 것처럼 요상한 괴성을 내지른다.

그녀가 기절 하려는 순간 불에 물을 끼얹듯 로즈의 폰벨이 요란하게 울렸다. 폰 받을 정신도 없는지 한참을 울려도 받지 않자 폰이 꺼졌다. 또다시 울려 왔다. 분위가 깨져서 언짢아하며 받으니 매니저가 급한 목소리로 말한다.

"어디세요? 지금 야간촬영 때문에 모두들 기다리고들 있는데요."

"나 오늘 몸이 좋지 않아 촬영 못나가요. 강 감독님께 말씀 좀 해주세요." 매니저는 그동안 펑크를 안내던 사람인데 로즈의 요즘행동이 석연치 않았다. 그동안은 매니저가 그림자처럼 쫓아 다녔는데 요즘에는 자기도 모르게 집도 자주 비었다.

"아니 오늘 밤 촬영을 펑크 냈단 말이야? 지난번 강 선배 만날 때 새 홈드라마 주연으로 이야기 중이라고 하더니, 강 감독에게 이야기하지 않고 펑크를 내면 어찌해. 나를 의심할게 아냐? 로즈 안 되겠어. 빨리 가자고 한 시간 이내로 도착할 수 있으니 지금 간다고 전화를 해요."

"오빠 감독님도 아프다는데 이해하실 거예요."

"그러나 내가 배신행위 하는 것 같아 용납치가 않아."

나는 A형이라 그런지 약속시간이 있으면 그 시간에 충분히 도착할 수 있는데도 약속장소에 가면서 시계를 자주 쳐다보며 조바심이 낸다. 그래서 반드시 상대방보다는 언제나 먼저 가서 기다리는 성격인데 로즈가 이러는 게 이해가 안됐다.

"안되지 얼른 옷을 입어요. 우리야 또다시 오면 되지만 신의를 한번 잃으면 회복하기가 어려운 거야. 다음에는 촬영이 없는 날이나 감독님에게 허락 받은 날 다시 와요."

설득이 되자, 욕실에 가서 대충 닦고 나왔다. 늦은 밤이라 가든은 쥐 죽은 듯이 고요하여 마스크도 쓰지 않고 차로 갔다. 차 속에서 화장을 하며 가고 있었다. 매니저에게 폰을 한다.

"약 먹고 한숨 잤더니 열이 내려 촬영할 수 있어. 택시타고 갈 테니 감독님께 그리 이야기 좀 해주세요."

"예 알겠습니다. 그러면 다른 조연들이 신을 찍고 있으니 빨리 오세요. 감독님께 기다려달라고 말씀 드릴게요."

어느덧 화장도 예쁘게 다하자 여의도 방송국 촬영실에

도착하였다.

"이러야 마음이 편하잖아"

"오빠가 나를 다 버려놔서"

"아니 그게 무슨 말이야"

"오빠가 내 몸도 완전히 바꾸어 놓아서 그래요. 천사 같던 내 마음도 나도 모르게 내 마음대로 되지 않아요. 그러니 언니에게 미안하면서도 오빠를 자꾸 만나고 싶고 오늘같이 촬영도 싫고, 펑크 낸다는 것은 생각지도 못했는데... 오빠를 만나고부터는 내 마음을 저도 어떻게 할 수가 없어요. 전에는 촬영에 몰입하는 것 밖에는 몰랐는데...오빠가 바꿔놨어요. 이제는 오빠가 우선이고 오빠에 대한 그리움만이 머릿속에 꽉차있어 연기도 안돼요. 자주 엔지(NG)를 내니 감독님도 지적하면서 [로즈 요즘 왜 그래? 무슨 일이 있어 엔지가 많이 나니? 왜 그래?] 하셔요. 극중 인물이 되어야 하는데 혼이 나면서도 오빠 얼굴만 떠오르니 내가 미쳤나봐. 그래서 오빠가 나를 다 버려놨다고 하는 거예요. 여자는 물과 같아 어떤 남자를 만나느냐에 따라 모양이 변한다고 하더니 그 말이 명언이에요. 많은 연속극을 해보았지만 지금 같은 저의 감정은 가져본 적이 한 번도 없었어요."

톱 탤런트라 할지라도 여자가 남자에게 빠지니 죽으라면 죽는시늉 까지도 하게 된다. 그러나 사랑도 유통기한이 있어 영원할 수가 없다. 한번 마음이 돌아서서 얼음장같이 변하면 비 떨어진 낙엽처럼 땅에 붙어 대비로 쓸어도 떨어지지 않고 불을 피워도 매캐한 연기만 날뿐 불은 붙지 않는다.
<있을 때 잘해> 라는 노랫말처럼 한번 등을 돌리면 제아무리 애원을 해도 되돌아오지 않는 게 사랑의 종말이다.

집에 들어서니 또 비누 냄새냐고 할까봐 도둑고양이처럼 살그머니 문을 열고 서재로 먼저 들어서서 옷을 벗어놓고 샤워부터 하였다.
욕실 소리에 아내 민자경은 취미로 인터넷 동영상을 만들다 깜짝 놀란다.
"언제 왔어요? 오늘은 못 들어온다더니, 저녁은요?"
"먹었어."
못 들어온다고 하다 들어와도 둘러댈 말이 없었다. 이제는 같은 레퍼토리를 몇 번 써먹어서 궁색해 졌다.

천명의 사랑 서울카사노바
젊은오빠가 명품인생(名品人生)이다!!

유럽에 카사노바가 있었다면,
서울에는 현대의
서울카사노바가 있다!!

4권 960쪽 = 6만원
자수정출판사

중국의—금병매—
일본의—실락원—
조선의—가루지기—
변강쇠는—지어낸
픽션이었다면...

서울카사노바는
천명을 사랑한 사실 그대로의
실화소설—넌픽션이다!!!

저자 전준상 박사

▼ 자매지
① 유혹 3권
② 명품인생 3권
③ 보보 3권
④ 불륜천국 3권
⑤ 여자의색 2권

5.장릉 여대생 공하늘편

 다음날 오후가 되자 공하늘 학생으로부터 메시지가 들어왔다. 명함을 주었던 폰 번을 보고는 [작가님 어젯밤 가든에서 주무시지 않고 그냥 가셨네요. 급한 일이 계셨나요? 작가님 제가 내일은 쉬는 날인데 학교 끝나고 작가님 뵈러 그리로 가면 안 될까요?] 한다.
[학생이 무슨 일로 여기까지 온다는 것일까?] 하니.
[전화로 드릴게 아니고 작가님을 뵙고 말씀 드리려야 할 일이에요.] 그러니 궁금증이 나서 도저히 거절 할 수가 없었다.
[학교는 어디인데 영등포를 찾아 올수가 있어?] 하니
[대학은 의정부에요]
[그러면 공항까지 와서 지하철이나 버스로 갈아타]
[쪼그만 티코 차에 내비 찍으면 돼요]
[아 그래 그러면 내일 오기 전에 전화를 해요] 문자를

주고받고는 궁금하여 자꾸 공하늘의 솜털도 가시지 않은 얼굴이 자꾸 떠올랐다. 무슨 까닭일까.

남녀 간에는 어떻게 서로를 유혹 하는가? 일만 2천년 전 신석기 시대에는 돌로 연장과 창을 만들어 사냥을 하며 살아갔다. 그 시대 남녀의 몸매는 섹스하기에 적합하게 만들어졌다. 사춘기만 되면 서로 입을 맞추며 서로 몸을 휘감아 육체의 향락을 즐기기에 충분하다. 남자는 쇠 절구 공처럼 힘이 생겨나고 여자는 음탕한 눈을 떠 남자의 마음을 교묘히 사로잡는다. 주홍빛 입술에 사내를 유혹하는 호수같이 맑은 눈, 풍만한 가슴, 살 오른 허벅지, 돌출한 둔덕 질은 팽팽하고 따뜻하여 삽입이 부드럽고 애 액은 알맞게 흘러 남자를 유혹한다.

청결한 몸, 표백된 하얀 이, 향내 나는 여자가 좋은 여자다. 여자는 어떤 남자를 찾을까? 능력 있고, 행동이 온화하고 편한 남자 그리고 관대하고, 용기가 있는 남자다, 거기에 덧붙여지자면 우람하게 큰놈으로 세워져야 인정받는다. 백세시대에 지루하지 않게 사는 방법이다. 큰놈 문의 오실장 010-3443-0183

공하늘이 만나자고 찾아온다는 날이다. 숙녀 티가 나

는 22살의 여대생이 당돌하게 만나자니 별의별 생각이 다 들었다. 의문이 풀리지 않은 채 궁금하여 기다리고 있었다. 그때 카톡 소리에 '학생이구나.' 하는 예감이 들어 폰을 보니 문자에

[작가님 이제 학교가 끝나서 지금 출발하면 4시까지는 갈수가 있어요. 시간을 내주실수 있으세요?] 한다.

[기다리고 있으니 사무실 옆에 홋카이도 일식집으로 와요.] 한 시간 후 도착 하였다는 문자가 왔다. 일을 빨리 접고 식당으로 내려갔다.

"작가님 바쁘신데 시간을 내주셔서 감사합니다."

"방에 들어가서 이야기해요." 둘은 자주 다니던 방으로 안내받아 들어갔다.

"조금 이르지만 간단하게 간식으로 뭐 좀하지" 벨을 눌러 활어 회와 사케 술을 시켰다.

"학생은 운전하니 하면서 조금만 마셔요" 하며 술잔에 술을 따르려하니

"술은 안 할래요." 단둘이만 방에 있으니 어색하여 말을 걸었다.

"학생이 다니는 가든에 아베크 손님이 많이들 오는가?"

"네 주변 경관이 좋아 주말에는 방이 없어요."

"그래? 사회경험을 해보려고 알바를 하고 있어요."

"그럼 세상의 변화와 요지경을 많이 보았겠군."

"맞아요. 작가님의 성인소설을 보는 것 같아요."

"뭐라고? 내 소설을 보았다고? 19금인데"

"네 저도 성년이에요 알거는 다 알아요. 얼마나 재미있던지 하룻밤 꼬박 세며 한권을 다 읽었어요. 그리고 엄마에게 드렸어요."

"뭐? 모녀지간에 읽고 있다고?"

"네. 그래서 용기가 생겨서 작가님께 상의 드리러 뵙자고 한 거예요"

"그래 의논할게 무엇인데 나를 궁금증 나게 만들어"

서비스로 또 음식이 나오자

"와 잘나온다"

"그래 이집은 단골집이라 그런지 싱싱하고 푸짐하게 잘해요. 어서 먹어봐요. 먹으면서 천천히 이야기해요."

"작가님 제가 따라 드릴게요."하면서 일본 술 사케 주전자를 잡더니 잔에 따른다.

"언제 차를 두고 나올 때 저도 마실게요."

"그래 남자친구는 있나?"

"아직은 없어요."

"그래 할 말이 뭔가?"하니

"네 우선 저의 가정 사부터 이야기 좀 할게요. 저는 어머니하고 단 두 식구 에요. 아버지는 고급 외교관 공무원이셨는데 6년 전 제가 중학교 때 폐암으로 돌아가셨어요."

"아빠가 안계시니 빈자리가 얼마나 허전한지 집안분위기가 늘 어두워요. 그래서 엄마와 마음에 맞는 분을 찾다가 생각다 못해 작가님께 어려운 부탁 좀 드리려고 해요. 혼자되신 친구 분이 계시면 추천해주세요. 부탁드려요. 그렇다고 엄마 남친을 찾는다고 광고를 낼 수도 없고요. 절간 같은 집에서 늘 혼자만 계셔서 남자들에게 눈에 띠지도 않으시니 어떻게 남자를 사귀시겠 어요. 그러니 엄마 좀 어떻게 해주세요."

"아 그래 그러면 여자나 남자나 이성 친구를 사귀고 싶다면 방법이 있지"

"아 그래요? 있다고요?" 학생은 귀가 번쩍 뜨이는지 눈이 커지면서

"어떻게요?"

"매주 주말마다 모이는 산악회에 가입하시라고 해. 그러면 남자들이 붕 떠서 금방이야. 아니면 인터넷 채팅

방을 검색해 보시든가"하니

"작가님! 산악회는 몰라도 채팅은 안 되죠. 큰 일 나요. 얼마나 나쁜 남자들이 많은데요. 엄마는 아예 남자를 사귀려고 하지를 않으셔서 제가 해드리려고 하는 거예요. 아마 산악회도 안 가실 거예요."

"그러면 춤을 배우시라고해"

"글쎄 그런 거 배우실 분이 아니래도요."

"그러면 감나무 아래서 입만 벌리고 있다고 언제까지나 감이 떨어지나"

"그러니 작가님께 가장 쉬운 방법으로 소개팅을 부탁드리려는 거예요."

"입에 맞으실 떡이 있으실까? 남녀관계는 당사자 외는 아무도 모르지만 서로가 이끌려야 되는건데 소개팅 해주었다 거절당하면 그것도 상처받는 일이라 쉽지가 않은데. 그러면 학생은 엄마를 재혼시키려는 건지 그냥 엔조이 남친을 원하는 건지 헷갈리네."하니

"재혼보다는 저희 가든에 오는 커플들처럼 가끔씩 만나서 맛있는 것도 먹으러 다니고 손 붙잡고 여행도 다니고 그런 남자 분 없으세요? 작가님 같이"

"뭐라고 나같이?"

"네 작가님하고 자주 오시는 분 여자 분은 저도 부러

워요"

"왜 뭐가 그렇게 부럽던가?"

"다른 분들은 주문도 여자가 다하고 그러는데 그분은 처음부터 가실 때까지 꼼짝도 않으시데요. 작가님이 다하시고 위해주시니 여자들은 그런 남자가 킹카지요. 작가님 같은 분 어디 없으세요?"

"손도 안대고 코풀 수는 없잖아. 모든 일은 그냥 저절로 되는 일은 아무것도 없는 법이야. 본인이 노력 하여야 눈에 차고 마음에 맞는 남자도 만나게 되는 거지."

"네 저도 잘 알지만 엄마가 이러다가는 이 좋은 세상을 헛되게 세월만 보내실 것 같아서요. 가든에 손잡고 쌍쌍이 오는 나이든 연인들을 보면 모두가 남의눈을 피해서 장능까지 오는데, 볼 때마다 엄마만 허송세월 보내시는 것 같아서 안타까워요. 아무런 하시는 일도 없고 낙도 없으시니 정말 속상해요. 인생은 한번뿐이고 갱년기도 멀지 않으신데 불쌍해요. 세상이 변해서 배우자가 있는데도 딸 같은 나이차이의 여자를 데리고 들 오는데 엄마는 독신이라 흉이 되실 것도 없으신데 왜 저러시는지 모르겠어요. 박사님 제 생각이 틀린 건 아니죠?"

"맞아 가든에서 인생 교과서를 많이 배우는군."

"학생은 인생이란 무엇인지를 터득한 철학자네. 세상에서 가장 슬픈 사람은 병든 사람이고 그다음에 슬픈 사람은 버림받아 홀로된 사람이지. 그러니 병들거나 버림받지 않고, 외롭게 지내지 말고 즐겨야지. 인간은 이성을 그리워하는 것만으로도 위안이 되거든."

"작가님은 정말 인생에 대한 박사님이시네요. 박사님 책에서도 인생을 두 배로 사는 방법이란 명언시리즈에서도 감명 깊게 읽어 봤거든요. 저명인사들도 백세 장수만이 능사가 아니라 병들고, 외롭고, 고독한 것이 가장 두렵기 때문에 즐길 수 있을 때 즐기라는 작가님의 글을 보았어요."

"독자 분들 중에는 한의사이시면서 60세 인데 총각도 있고, 50인 독신자 공장사장님도 있고, 퇴직 공무원인 홀로지내는 독신 남들이 많기는 한데. 짚신도 짝이 있다는데 왜들 외롭게 지내는지. 알아볼게."

"네 감사 합니다 박사님!"

"옛 말에 젊어서 고생은 사서라도 하라 했는데 학생을 두고 한말 같네. 사람은 시련을 격은 만큼 성장하거든. 알바 2년 만에 고생한 만큼 세상물정을 많이 터득하였군요."

"저는 1년만 더 다니려고 해요. 그러면 경지에 이르겠는 걸"

"ㅋ 박사님은"하며 무안해한다.

"사람을 알려면 말을 시켜보면 안다드니 학생 이야기를 들어보니 아주 똑 소리가 나네." 칭찬을 하니 얼굴이 붉게 물들면서 환해진다.

"시급으로 돈 만원 받는 것보다는 사회경험을 쌓아보려고 해서 개 무시당해도 꾹 참고 다니고 있어요."

"그래 어머님은 어떤 분이신가?"

"네 40대 중반에 탤런트 차화연씨 아세요?"

"어느 드라마에서 본 것도 같은데"

"사람들이 그분 젊은 시절을 닮았다고들 해요."

"어 그래? 얌전하고 지적인 것 같던데 맞아요? 이대시절에 아버지와 연애 하셨데요."

"어 그래. 인텔리시네. 그럼 눈이 높으시겠는데! 엄마 입에 맞는 떡이 있을는지 모르겠네."

"그러면 언제 저희 집에 식사초대 한 번할게요. 오실래요?"

"초면에 쑥스럽게 어찌 가나."

"아니에요. 엄마가 더 좋아하실 거예요."

"적당한 사람이 생기면 연락할게"

"작가님이 한번 보시고 대화를 나누어 보시면 안돼

요?" 하며 졸라댄다. "저희 집은 장능계곡 입구 버스 정류장 근처에 있어요. 아담한 작은 마을에서 제일 예쁜 집이에요."

"자 이야기는 충분히 들었으니 오늘은 이만하고 다음에 다시 이야기해요. 오늘 학생의 효심을 보고 감동을 받았어요."

"작가님의 책을 다 읽어볼래요. 오늘도 감사 했습니다. 다음에는 제가 대접 할게요. 박사님 이제는 학생이라 부르는 것보다는 공하늘 이라고 불러 주세요. 지금 가든 자리 땅도 할아버지 유산이에요. 땅만 임대로 빌려준 거예요." 일어설 생각도 않고 부유함까지 과시를 한다.

"돈 있으면 뭘 해요. 행복 해야죠 엄마는 40대 여자들에게 가장 많이 온다는 우울증에 시달리고 있어요. 엄마는 아직 젊은데 무척 외로워하셔서 그런가 봐요. 맨날 집에만 계시지 말고 남자친구도 사귀라고 하셔도 중이 제 머리 깎는 거 봤냐면서 남자친구를 사귀고 싶어는 하세요."

"어 그래 하늘이는 효녀네. 요즘 젊은 사람들은 주책이라고 부모님 재산을 빼앗길까봐 사귀지 못하게들 말리는데" 그렇게 말하니 이때다 싶었는지

"작가님이 저의엄마를 한번 만나 보세요."

"아니 그게 무슨 소리야?" 하니

"우울증이 더 심하시기 전에 저의엄마를 구해주세요." 세상에 딸이 자기엄마 애인을 만들어 주려고 작정하고 발 벗고 나서다니 감탄스러울 뿐이다."

"하늘이는 돈 주고도 배우지 못할 천태만상 요지경속을 많이 보고 들어서 일찍 철이 난 것 같네"

"대학에서도 가르쳐주지 않는 인생 공부가 저에게는 10년 이상을 성장시켰어요. 아버지 안 계신 것 이외는 아무런 어려움 없이 자랐거든요. 이제는 사회에 부딪혀 빨리 눈이 떠지게 되었어요. 어떤 손님은 야 이거 반찬 더 가져와 하면서 반말로 개 무시해요, 야, 자는 예사고 어떤 손님은 제 앞에서 서로 껴안고 뽀뽀해요. 그럴 때는 민망할 뿐만 아니라 저를 싹 개 무시 하는 것 같아 정말 재수 없어요. 당장 때려 치고 싶다니까요. 유일하게 작가님께서만 봉사료도 꼭! 꼭! 주시고 인격적으로 대해주셨어요. 말을 놓으신 적도 없으시고요. 그래서 내장이 깨끗하면 속살도 깨끗하듯이 머리에 들은 분하고 머리가 빈 깡통하고는 말투부터가 달라요."아이큐가 높은 똑똑한 학생 이였다.

"작가님은 어떻게 생각하실지 몰라도 제가 2년간 쌍쌍이만 봐왔는데요. 꽃뱀들은 남자 바가지 쉬우느라 꼭 비싼 것만 여자가 먼저 시켜요. 식사 후 에는 아래에 있는 가을연가 모텔로 가요. 이런 것만 봐서 제 인생관도 바뀌게 되었어요. 손님 중에는 부부끼리는 거의가 없어요. 모두가 부적절한 관계인데 자기들은 로맨스라고 하겠죠. 제가 있는데도 말하는 것을 보면 한눈에 애인사이라는 것이 드러나요. 그런 것을 보면서 엄마만 손해 보는구나 하게 되었어요. 저도 반드시 결혼할 필요는 없다고 생각돼요. 어쩌면 세상에 애인이 없는 사람은 거의 없는 것 같거든요. 가든이나 모텔도 그런 손님들이 없으면 문을 닫았겠지요. 그들이 매출을 올려 주니까요."

"딸은 엄마를 닮는다는데 똑순이 하늘이를 보니 엄마를 짐작 하겠군."

"엄마는 저하고 달라요. 천생 여자다워요. 마음씨가 곱고 깔끔한 멋이 외모로 풍겨나요. 엄마를 보시면 고상함을 느끼실 거예요.

"하늘이도 대학에서 서클활동이나 미팅도 자주 있는데 남학생들이 그냥 놔두지 않을 텐데 엄마처럼 대학시절에 똑똑한 남학생을 사귀지 그래?"

"저는 또래들은 어려서 싫어요. 저보다 훨씬 많은 남자가 좋아요. 저는 가능한 결혼은 않고 엄마하고만 살려고 마음먹었어요."

"그럼 벌써부터 독신주의자로 살아갈 생각이란 말인

가?"

"네 이혼하는 것도 보고 불륜도 보니 결혼하고 싶은 생각이 없어요. 자유분방하게 저하고 싶은 대로 살아갈래요."

"이제 하늘이의 의도를 알았으니 내가 알아보고 마땅한 사람이 나타나면 연락을 할게. 서로 이끌려야 되는 거지. 보지도 않고 소개팅 하였다가 술이 석 잔이 아니라 뺨이 세대면 어떻게. 본인의 이상형을 알아야지."

"네 작가님 꼭 한번 저희 집에 들러주세요."

하늘이를 보내고 생각하니 이제는 텔런트 로즈를 데리고 장능가든에 가는 것을 삼가야 되겠다. 왜냐하면 하늘이가 로즈를 알아보게 될 수도 있고, 로즈가 지난번에 하늘이와 나와의 관계도 의심하는 것 같기 때문이다.

세상에는 참으로 알 수없는 일이 있어 자신도 꿈인지 생시인지 헷갈리게 된다. 고구마 줄기처럼 꼬리를 물고 일어나는 소설 같은 스토리는 나 자신이 생각해도 믿기지 않는다. 가끔 한번 씩 있었는데 연달아 생겨나니 지난번에 일이 떠오른다.

타임스퀘어 백화점 문화센터에서 구연동화 하는 40대의 송서희 강사다. 어느 날 동우회에서 만나 인사를 하고 지낸지 얼마 안 되었는데 "작가님 저희 집에 한번 오실래요." 느닷없는 초청에 깜짝 놀랐다. "아니 송 강사님 댁에는 무슨 잔치신가요?"
"아뇨 잔치라면 뷔페에서 하지요"
"그러면요?"
"제가 점심한번 대접하고 싶어서 그래요"
"예엣 무슨 말씀을 식당도 있는데 집까지요"하니
"제가 직접 요리를 해보고 싶어서 그래요"
하도 어이없고 처음 있는 일이라 호기심에 승낙하였다. 약속시간에 과일바구니를 들고 찾아갔다.
상다리가 부러지게 먹기에도 아까운 꽃문양의 음식들이 그림 같았다. 넓은 아파트에는 아무도 안보였다.
"가족들은 안계신가요?"하니
"저 혼자 살아요."
"아니 뭐라고요? 독신이라고요"세상에 이런 일이 몸 둘 바를 몰랐다. 진수성찬도 긴장되니 무슨 맛인지도 모르겠다.

공하늘 학생이 자기엄마 보라고 초대한다니 송강사가 유혹하던 생각이 다시 떠오르는 것이다. 요즘 여대생들은 무서운 것도 없고 정조관념도 없어 2년 동안 룸메이트와 계약동거도 한다니 세상이 변했다.

차번호 짝수 날이라 차를 못가지고 가서 버스를 탔다. 버스에서 만난 유수진 이라는 여대생은 대학노트를 앞가슴에 안고는 내가 출근하는 시간에 버스정류장에서 기다리다 만원버스에 올라탄다. 몸을 비벼대며 같이 타고 가다가 내가 내린 후 자기는 학교로 등교를 한다.

수진이는 짝수 날마다 꼭 나를 기다리고 있었다. 그런 것을 보아서도 남자 만큼이나 여자도 남자를 유혹하는 것 같다. 화장을 하는 것도 그러하고 미니스커트에 허벅지 속살을 드러내며 남자의 시선을 끌며 활보하는 것도 그러하다.

유혹은 음양의 이치다. 남녀 사이에 유혹이 없었다면 역사는 이루어 지지가 않았을 것이다. 남자가 유혹하든 여자가 유혹하든 간에 유혹으로 부터 시작되어 맺어진다. 용기 있는 자가 미인을 얻듯이 넉살좋게 유혹을 하여야 사랑이 맺어진다.

예쁜 여자를 손 안에 넣을 수 있던 것도 용기가 없었다거나 자존심만 세웠다면 기회란 물 건너가기 때문이다. 송서희 강사가 자기 집에 점심초대한 것도, 유수진 여대생이 출근버스에 같이 타려는 것도, 식당주인이 등산가자는 것도 유혹을 하는 것이다. 하늘이가 엄마에게 친구를 만들어 주려고 집에 초대하는 것도 유혹이다. 내숭만 떤다면 쟁취 할 수 없고 도전 없이는 사랑도 이루어지지 않는다.

인생이 죽은 때까지 변하지 않는 것이 두 가지 있다.
하나는 식욕이다. 때가되어 배불리 먹고 나면 제아무리 진수성찬이 눈앞에 있어도 쳐다보기가 싫다가도 때가되면 또 식욕을 느끼는 것이다.
두 번째는 성욕이다. 사정하여 만족을 취하고 나면 제아무리 양귀비가 유혹을 해도 눈길한번 주기가 싫다가도 시간이 흐르면 또 생각나 성욕이 충만하게 된다.

탤런트 로즈가 연속극 촬영이 밀려 장능가든에 못가는

사이 하늘이가 일주일 만에 또 문자가 왔다.
[작가님 제가 대접 좀 해드리게 장능 레스토랑으로 오세요. 제가 쉬는 날이에요.]
[학생이 무슨 대접을 해요]
[저에게 잊지 못하게 제일 잘해주신 분이 작가님이세요. 그러니 식사 한번은 예의지요. 그리고 지난번 부탁드린 일이 궁금하기도 하고요.]
[학생 알겠어요. 6시까지 레스토랑으로 가지. 내비 찍게 주소 좀 찍어요.]
[작가님 정말 이시죠?]
이북에 김정은이가 나타나면 북한아낙들이 팔짝팔짝 뒤면서 쌍수를 들어 환영하듯 하늘이 꼭 그러한 듯 보였다.

내비를 찍고 시간에 맞추어가니 하늘이가 동네입구까지 나와 서서 기다리고 있었다. 차를 그 앞에 대니 조수석에 올라타며,
"작가님 너무 너무 고맙습니다." 안길 듯이 반기면서 저기보이는 게 저희 집이에요. 손가락으로 가리켰다.
"집이 그림같이 아주 좋네."

"집은 오두막집이라도 행복한 게 더 좋아요."
차를 주차한 후 레스토랑에 마주앉자,
"옆자리에 앉을게요."
"그래요."
"대리운전 부르면 작가님 사무실까지 3만원이면 가니 치즈안주에 양주한잔 하세요. 저도 많이는 못해도 조금은 거들게요."

그 소리에 점심을 대놓고 먹던 목포 집 여주인이 집에 좋은 치즈와 양주를 갖고 올 테니 산악회에 한번가요. 하던 그 유혹이 떠올랐다.

"가든에서 손님들 술시중도 들어 보았나?"
"작가님은~"하면서 오해란 듯이
"서빙으로 갖다만 드렸지 손님좌석에는 한 번도 앉아 본적이 없어요. 남자 하고 술자리를 해보기는 작가님이 처음이에요. 저을 인격적으로 대해주셔서 어려움이 없어도 예쁘게 봐주세요. 작가님 기분 좋게 술 한 잔 드세요." 하며 두 손으로 소 눈깔만한 잔에 찰랑찰랑 따르더니,

"저도 한 잔 주세요"하면서 잔을 내민다. 그러더니

"19금 빨간책은 삼류소설이라고만 생각해왔는데 작가님 소설을 보고는 고정관념이 깨졌어요. 문학작품이 맞아요." 빈 잔에 술을 따라주니

"작가님 같이 오시는 여자분 사모님이 아니시죠?"

"왜 그런 거 같아?"

"네! 정식 부부가 오는 경우는 파파노인들만 몇 번본 것 밖에는 없어요."

"집사람이 아닌 게 맞아."

"그분은 예뻐요? 얼굴을 한 번도 못 봐서요. 늘 마스크를 해서 사모님이 아니신 줄 알았어요."

하늘이는 자기 나름대로 해석하고 있었다. 하늘이도 얼굴이 붉게 물들어 취기가 오르자 용기가 생겨나는지

"작가님 책을 보니 여자가 유혹하는 남자는 일을 열심히 하며 성실하고 잘생긴 남자를 선호 하던데요. 그게 맞아요? 그 대신 남자가 호감을 갖는 여자는 오직 한 가지뿐이던데요. 예쁘고 젊은것뿐이니 여자가 나이가 들면 주가가 뚝뚝 떨어지는 거와 같데요."

이렇게 다정다감하게 말을 걸어오기에 간을 보느라 젊은 하늘이의 손을 잡으니 저항도 없이 따뜻하였다. 만약에 뿌리쳤다면 성추행 범죄가 될 수 있었다.

이성적 매력을 느껴 손을 빼지 않는 걸까? 엄마를 위한 희생적 배려일까? 사뭇 헷갈렸다. 좀 체로 상식 밖의 일이라 종잡을 수 없었다. 그동안의 경험을 보아도 사랑에는 국경이 없듯이 나이차이는 장벽이 되지 않는 것을 보아왔다. 그러나 여대생에게 욕정이 생겨 큰일 나겠다 싶어 머리를 흔들어 정신을 차렸다. 마땅한 말이 없어

"학생 엄마가 기다리시지 않을까"하니

"아니에요 작가님 만난다고 하였어요."

"어 그래 그러면 엄마도 나오시라고 해서 같이 식사를 하지"

"어머 그래도 돼요? 그럼 엄마에게 전화를 할게요." 금방 폰을 한다.

"엄마 작가님이 나오시래."

"식사는 집으로 모시고 오라고 하시는데요. 술은 그만 하고 집으로 가요."

성숙한 여대생이 팔뚝을 양팔로 감싸니 풍만한 젖가슴이 팔뚝에 뭉클 닿아 감전이 되어 찌릿하더니 흥분이 되었다.

"엄마가 뭘 좋아하시나"

"집에 다 있어요. 그냥가요."

"그러면 안 돼. 빈손으로 가는 게 아니지"
"그러시면 두 분이 자축하시게 케이크나 사시지요?"
"어 그래."
파리바게트에 팔짱을 끼고 들어서니 빵집 주인아줌마가 하늘이를 알아보고는
"누구신데? 정말 멋지시다. 어떻게 아시는 분이신데?"
하니 하늘이는 덩달아 신나서
"우리 작가님이세요."
"그럼 소설가님?"
"네 베스트셀러 작가님이세요." 그녀는 빵을 팔 생각은 않고 남의 집에 오는 손님에 관심이 쏠려있었다.
"여사장님! 케이크 하나 주세요. 학생 가서 골라봐." 하니 주인아줌마는 "엄마 생신인가?" 였든 여자들은 말도 많고 남의 집에 관심도 많았다. 케이크 값 3만원을 지불하고 나자 한쪽 손은 케이크를 들고 또 한쪽 팔로는 팔뚝을 더욱 밀착시켜 감싸않고 문을 나서자 여주인은 고개를 까우뚱하며 궁금증을 못 참겠다는 표정으로 호기심에 사로잡힌 모습이다.

하늘이네 집에 들어서니 그림 같은 집이었다. 정원에는 단풍나무에 물이 들어 한껏 가을정취가 짙게 느껴

졌다. 하늘이가

"엄마"하며 부르자 쫓아 나오며

"누추한 곳까지 오시느라... 딸아이에게는 말씀 많이 들었습니다. 어서 들어가세요."

"초면에 결례가 많습니다."하며 거실 소파에 앉으며 그녀를 다시 올려다 보자 내외를 해서 그런지 파리한 얼굴이 불그스레 물들었다. 엄마가 차화연 분위기라 하더니 중견탤런트 그녀보다는 10년은 더 젊었으며 붕어빵처럼 많이 닮아보였다. 한복을 입고 있어 그런지 지고지순한 현모양처 형에 기품이 있는 여자였다. 그러나 우울증에 시달려 집에서만 있고 활동을 하지 않아서 그런지 헬쑥하니 가련하기까지 보였다. 남편이 사망한 충격에서 헤어나지 못하면 자신까지 사그라져 살아있는 사람은 살아야 하는데 충격에서 벗어나지 못한 듯하였다.

"따님이 아주 효녀에요. 엄마를 생각하는 마음이 지극하고 특별해요. 하늘이에게 엄마이야기를 잘 들었습니다."

"아직 철이 없어서 선생님한테 흄이 되지는 않았나 모르겠네요. 워낙 자유 분방한 아이라... 재가 나서서 괜한 선생님까지 귀찮게 한 것 같아서 송구 스럽습니다. 저녁상을 봐올게 잠시만 계세요"하니

"엄마 엄마는 작가님하고 이야기하고 계셔. 제가 가서 상을 봐올게"
"아니다 음식도 새로 데워야하니 네가 말벗이 되어 드리도록 해라"하며 나가자, 또 옆자리로 재빨리 오더니
"작가님 엄마가 얼굴이 빨개지며 좋아하시니 고맙습니다."하며 또 팔뚝을 두 팔로 감싸 안는다. 이걸 어떻게 처신하여야 될까. 하늘이 엄마를 보고 마땅한 남자를 분양하려고 왔는데 엄마보다는 딸이 하는 짓이 헷갈렸다.

주방에서 "하늘아"하고 부르는 소리가 났다.
"네"하고 나가니
"같이 상 좀 들자" 상다리가 부러지게 진수성찬 이었다.
"이렇게 많이 차리셨어요."하니
"입이 맞으실지 시장하실 터인데 어서 들어보세요."
옆에서 하늘이가 수저를 들어 내손에 쥐어준다.
"잘 먹겠습니다." 된장찌개부터 호호불어 한입 넣으니 옛날고향에서 화로 불에 올려 보글보글 데워 먹던 토속된장의 깊은 맛 그대로였다. 된장 맛에 푹 빠져 계속 퍼먹고 있으니 하늘이는 이것도 저것도 드셔 보라

고 수저 위에 더덕구이도 올려놓고 보리굴비도 찢어서 올려주고 융숭한 대접을 받았다. 이러고서 남자하나 못해주면 그 원망을 어찌 감당하나 은근히 걱정이 되어 밥 먹은 게 소화도 안 되는 것 같다. 그전에는 지인들에게 여러 번 분양도 해주고 부킹도 시켜주었는데 어울리는 남자가 또 있을까!

"유혹"이란 남을 꾀어서 어지럽게 하는 것을 말한다. 그동안의 애정소설은 남성이 여성을 유혹하는 소설이었지만 여성이 남성을 유혹하는 소설은 처음이다.
유혹 1, 2, 3권 본질은 조선시대여자가 남자를 유혹하는 상상에 의한 창작물 픽션이었다면,
유혹 4, 5, 6권 썸싱은 성 개방시대에 여성들이 남성을 유혹하는 것을 경험한 자전적인 논픽션 실화다.
새로운 장르에 물결처럼 흘러가는 사랑의 스토리를 보는 것만으로도 엔돌핀이(endorphin)흘러 삶의 질은 높아진다.

하늘이 엄마는 40대 미망인으로 7년 동안 굶어있다니 어떤 선수를 해주어야하나 머릿속에서 찾아보느라 얼굴빛이 밝지가 않자 학생은

"작가님 앞으로는 빵 집에는 절대 가지 마세요. 아셨죠? 아참 그 집에서 사온 케이크로 엄마와 작가님에 첫 만남을 축하 해야지"

'우리~ 만남은 우연이 아니야' 하늘이가 선창을 유도하여 따라서 부르며 깊이 빠져가고 있었다. 빨리 빠져나오지 않으면 여기서 모녀에게 기대감만 더 갖게 하는 결과가 되겠다 싶었다.

"오늘은 너무나 과분한 폐를 끼쳤습니다. 늦었으니 일어나 보겠습니다."

하늘이가

"작가님 아직 알코올 수치가 남아서 안돼요. 여기는 유원지가 많아 음주 단속이 심해요. 대리 운전을 부르면 금방 오니까 과일을 들고 계세요. 제가 행숙이 대리운전 단골이니 부를게요. 능수능란하고 눈치가 빠른 걸로 보아 나중에 접객업사업을 하면 잘하겠다 싶었다.

그들 모녀와 작별 후 대리기사 뒤에서 생각해보니 세상에는 뜻밖에도 상식을 뛰어넘는 일이 종종 벌어지곤 한다. 나도 이런 일이 있을 거라고는 누가 믿었겠는가. 거짓말 같은 일이다.

나의 소설을 읽어본 독자 중에 여기저기에서 초대문자가 오는 일은 종종 있다. 만나면 대통령 오신 것보다 더 반갑다며 과찬하는 독자도 있는데 그러나 오늘은 한계가 뚜렷하지 않아 마냥 헷갈리기만 하다. 어쩌려고 모녀가 집으로 초대한다고 덜렁 찾아 갖을까! 나도 내 마음을 모르겠다. 이제 후속 처리를 어떻게 해야 될지 숙제가 남아있다.

두 모녀는 자연스러운 인맥을 맺는 게 아니라 연인될 사람을 목 타게 기다리고 있지 않던가! 선수모집을 하여야겠다. 그래서 보증보험을 들고 구청에 결혼정보사 신고까지 하고 사업자를 내었다. 그러나 쉬운 게 아니었다. 사기결혼 사고가 많아 그 책임을 모두 져야 한다기에 폐업을 하고 말았다.

아내 민자경과 둘째 골드엄마 고세령까지 있는데, 그뿐만 아니라 일본에서도 기다리고 여의도에는 죽으라면 죽는시늉까지 하는 톱스타 홍 로즈까지 있는데 장능의 두 모녀를 또 욕심낸다는 것은 지나친 과욕이다. 넘치면 모자람만 못한 과유불급이다. 사무실 빌딩 안에 20년간 내 이발을 해온 두영헤어샵 이 원장은 나의 사생활을 어느 정도 알고 있다. 가위질을 하면서

"대표님의 여자들을 집에서도 다들 아세요? 모르니 살지 알면서야 어찌 살겠노." 혼자 묻고 말한다. 경상도 아줌씨 말이 맞는 말이다.

인간은 감동받는 즐거움이나 사랑을 하면 15년은 병원에 눕는 일이 적어진다. 식사시간을 규칙적으로 일정하게 가져 점심식사를 하고 있으면 카톡 소리에 [즐겁게 맛점 하세요]하고 문자가 온다.

치즈와 양주를 가지고 산악회 가자던 식당주인 남수정은
"그렇게도 누가 이시간만 되면 카톡을 매일해요?"
"일본여자가 그렇게도 공을 들이네요."하니
"아무튼 작가님은 알아줘야 돼. 일본여자까지 울리고 다니시니 아이 짜증나. 그렇게도 여자들을 편하게만 해주시니 어느 여자가 싫다고 하겠어요. 20여명의 여직원 티엠들도 제가 보면 자율적으로 편하게만 해주시니 일본 여자인들 흔들리지 않겠어요. 너무 다정다감하게 해주지 마세요. 사람들마다 늘 잘해주시니 대표님이 피해보시는 일도 많으신 거예요. 여직원들도 어렵게 생각을 안 하던걸요."

"네 그래요. 충청도 양반이라 그런지 천성이 온순한데 어떡해요. 천성은 변하지 않나 봐요. 특히 저의어머님 은 법이 없이도 사실 분 이셨어요. 저희 과수원에 오 는 사람들마다 때가되면 꼭 식사를 차려 드렸어요."
아버님께서는 가까운 인 친척에게는 꼭 과일이 나올 때마다 저에게 자전거에 실어 돌리게 해 그때배운 습 관 때문에 나도 명절 때는 작은 선물이나마 꼭 보내었 다. 점심때 오시는 손님은 남수정여사 한우촌으로 와 서 식사를 대접하니 으레 나와 만날 약속은 점심때 만 나지요 한다.

일본의 스미꼬도 그 먼데서 [오빠 즐겁게 맛점 하세 요] 하며 문자가 빠지지 않고 보내니 남수정은 내가 식사를 하면 꼭 마주 앉아서 듣고는 또"양주와 치즈는 손도 안대고 있으니 산에 한번가요"그런다.
한우촌 남수정은
"가끔 같이 오시는 여자들은 다들 누구세요? 직원도 아니고 못 보던 여자들인데"
"네 책을 사면서 작가 싸인 받는다고 와서는 식사 대 접 하겠다고 해서 같이 온 독자에요. 사람들은 제각각 취미가 다르듯이 책을 좋아하는 사람도 있고 등산이나 낚시를 좋아하기도 하죠."

두영헤어샵 이지영원장은 말티즈 3마리를 키우는 재미는 어디도 비교가 안 된단다. 사무실 빌딩 내에 있어 단골로 이발하러 가면 보름이가 쫓아 나와 반갑다고 앞발을 들고 뒷발로 깡충깡충 뛰는 것도 모자라 바닥에 드러누워 떼굴떼굴 구르며 오줌까지 싸며 애교를 떤다. 그러니 사랑을 안 받을 수가 없다. 이원장이 가위로만 다듬으면 밤알같이 매끈하여 다른데서는 마음에 안 들기 때문에 몇 십년 단골이다. 이발 중에 폰이 오면 꼬박꼬박 받는 것을 보고는 "아이고 무시라. 집에서도 다 아능교? 모르니 살지 알고야 어찌 살겠능교? 혼자 말하고 혼자 답한다.

어느 날 이발을 할 때가 넘었는데 헤어샵 문이 며칠째 닫혀있어 폰을 해보았다. 신호음이 한참을 가자 이지영원장이 다 죽어가는 목소리로 힘이 하나도 없이 받는다.
"어디 아프세요? 연중무휴더니 무슨 일이세요? 머리 깎을 때가 넘었는데..."
"지금 일할 기분이 아니어서요."

"아니 무슨 일이신데?"하니

"보름이가 며칠 앓더니 죽었어요."

"어 그래요? 이런"

나도 정이든 하얀 털의 말티즈 강아지가 죽었다니 마음이 찡 하였다.

"그러나 영업은 하셔야지요."

"보름이가 불쌍해 일이 손에 잡히지가 않아요."

"가을이도 있고 짱구까지 두 마리가 있으니 마음 추스르고 빨리 나오세요. 내 머리가 길어서 많게 생겼어요."

내가 사무실을 한곳에서만 오래있다 보니 단골미용실 단골식당 여사장들하고 이웃사촌처럼 흉허물 없이 지낸다. 그러다보니 나의 일상도 알고들 있었다.

여자는 파마를 하고 붉은 립스틱을 바르며 매니큐어 하고는 좋아하는 남자가 몰라주면 속이 탄다. 남자의 유혹은 능동적 행동으로 직설적이지만 여자는 수동적으로 자존심에 간접적 표현이다. 남자들은 여자가 남자에게 유혹을 하지 않을 것으로 알고 있다.

대부분 유혹은 남자만 여자에게 하는 거로 알고 있다. 심지어 어떤 순진한 사내는 "여자도 성욕을 느끼나?며 묻기까지 한다. 자위행위도 여자는 않는 거로 알고 있고 심지어 오럴섹스가 무엇인지도 모른다. 자세히 알려주면 진짜냐며 어리둥절 한다. 자신은 그런 짓은 한 번도 해본 적이 없다니 서글프다. "그러면 댁의 부인은 불행하네요."하니

"우리 집 밥 쟁이가 불행하다뇨? 모르는 말씀마세요. 자식을 수두룩하게 낳았는데 불행이라뇨?" 당당해 한다.

극심한 불감증도 아기를 낳듯이 오럴섹스는 몰라도 아기를 낳는 것과는 무관하다. 그래서 성증진 교육학은 반드시 필요하다.

나는 아내인 민자경과 골드엄마 고세령까지 있고, 그리고 일본에서도 기다리고 여의도에는 죽으라면 죽는 시늉까지 하는 톱스타 홍로즈까지 있는데 또 장능에 모녀까지 욕심을 낸다는 것은 넘치면 모자람만 못한 과유불급(過猶不及)이다.

여자 보는 눈이 장난이 아닌 전박사도 하늘이 엄마를

보니 사내로써 마음이 동하여 흔들리지 않는다면 거짓말이다. 얌전한 고양이 부뚜막에 먼저 올라 가 듯이 그녀가 지고지순하게 보이지만 레슬링에 돌입하게 되면 장능골짜기가 들썩들썩 거릴 판이다.

이때에 일본 스미꼬가 또 서울에 오겠다고 문자가 오고 있는데 동시에 톱스타 홍로즈도 촬영이 끝나가니 "오빠"하고 멀리 바람 좀 쐬러 가자는 문자가 들어왔다. 두 여자를 동시에 만날 수는 없으니 진퇴양난이다. 여자는 지나치면 폐경이 일찍 오고 남자는 고환 속 정액 한말이 빈 깡통이면 사정을 해도 실탄이 안 나간다.

인천 고세령, 일본 스미꼬, 여의도 홍로즈 5각 관계로 그녀들 등살에 정신이 없는데 장능에 공하늘 모녀까지 혹이 더 붙었으니 교통정리를 하지 않으면 살수가 없게 되자 궁하면 통한다더니 묘책이 생겨났다.

페르몬도 덜 뿌리고 다녀야 하겠고, 일본보다는 베트남이 시장성이 더 좋겠다싶었다. 그러면 복잡한 것들도 훌훌 다 털어버릴 수도 있어 시장조사차 베트남으로 도피성 출장을 훌쩍 떠나기로 하였다. 모든 여인들에게도 해외 출장을 다녀오겠다는 통보를 하였다.

발명품
의사들도 적극 권장하는 운동
청춘볼

운동이 좋다는 것은 다 알지만 힘들어서 작심삼일입니다. 지금까지 모든 장기운동기는 다 있지만 지루하지 않는 전신운동기는 청춘볼이 처음입니다.

상·하체운동 뿐 아니라 생식기 및 성 증진 운동까지 만능운동기로 전립선, 요실금 단련 등 소파에서 TV보며, 침대에 누워서, 외출 시 차 속에서, 사무실에서 업무를 보며 운동하는 휴대용 운동기기로 남녀 공용이다.

우리의 장기는 사용하면 할 수록 발달하지만 사용하지 않으면 퇴화하므로 청춘볼도 근육운동에서 생식기운동으로 청춘으로 되돌리는 신기한 청춘볼이다.

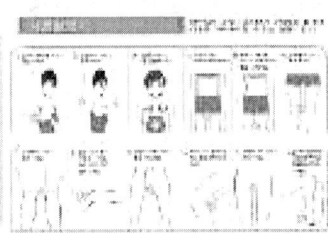

상품구성
청춘을 되돌리는 청춘볼
만능운동기
남녀 공용사용
진동기 포함
198,000원

6. 베트남 편

　베트남의 수도 하노이로 정할까! 아니면 남쪽에 두 번째로 큰 사업도시 호치민으로 가볼까! 하다가 수도인 하노이로 목적지를 정하였다. 베트남은 인구도 일억이 넘어 시장성이 크며 개발도상국이다. 지하자원이 무궁무진하게 많아 잠재력은 있으나 개발을 못하는 나라다.

　미래에 전망을 보려면 미 개척된 개발도상국이 좋다. 사업성은 일본보다 훨씬 나을 듯하였다. 머리도 식힐 겸 자본금도 훨씬 덜 드니 일본이 아닌 베트남으로 다시 정하기로 하였다.

　사업가는 때로는 훌쩍 떠나서 냉정하게 뒤돌아보며 미래를 생각해볼 필요가 있다. 그러다보면 바둑에 하수가 훈수를 하는 것이 고수보다 더 잘 보듯이 큰 아이디어가 떠오르게 된다. 해외출장을 가장 많이 다닌 김우중회장도 <세상은 넓고 할일은 많다>라는 책의 유명한 일화를 베트남에서 남겼다.

아시아에서는 한국 사람이 제일 잘생겼다. 다음은 일본 중국 베트남 순이다. 아무리 잘생겼더라도 배움이 없으면 머리가 텅 빈 빈 깡통은 어딘지 모르게 천박해 보인다. 그러므로 읽고 느끼고 좋은 생각을 하여야 지성미 있는 얼굴모습이다. 무엇을 생각 했느냐에 따라 사람의 모습은 변해진다. 성직자는 성스러운 신앙심만 늘 생각할 때 성직자의 풍무로 변하며 범죄자들은 범법행위로 악한생각에 흉악범의 얼굴로 보인다. 늘 고민 걱정만 하면 얼굴이 구름 끼고 그늘져있다. 사랑을 하면 얼굴이 닮는다는 것도 늘 사랑하는 사람을 생각하기에 닮아간다. 파란만장한 삶을 헤쳐 나가는 것도 마찬가지다. 생각에 의해서 인상이 변하듯이 생각에 따라 자신에 모습이 변해간다.

사회주의 베트남도 성 개방으로 20전후에 조혼으로 인구가 1억이다. 일본은 팬티 없이 입는 기모노로 인구를 늘렸고, 중국은 전족으로 인구가 늘었다. 20억이 되는 이슬람은 일부다처제로 4명에서 12명까지 소유할 수 있어 인구를 늘였다. 여자가 생리 중에는 교회 문에도 들어서지 못하게 한다. 그만큼 여성을 천시하는 터키나 중동 국가인 이슬람 들이다. 여성들은 맨살을 보여서도 안 되며 히잡을 써야 했고 여자의 성적매력인 가슴, 허리 ,힙의 S자 곡선미를 감추는 옷을 입어야 했다. 그런데도 외간 남자와 눈이 맞아 불륜을 하면 가문에 수치로 자결을 강요 하거나 마을 사람들이 돌팔매로 맞아죽게 한다. 이슬람 여성이 인권 침해를 당해도 법보다는 율법에 교리가 우선이다. 사우디에서는 여성들이 이제서야 운전면허가 허락되고 운동시 히잡 벗는 것을 허락하였다. 여성에게 성적인 억압을 하는데도 방탄소년단 공연에 사우디 처녀들은 열광을 한다.

인천공항에서 하노이행 비행기에 오르니 3인석 좌석에 창문 쪽 좌석 번호였다. 다음 가운데에 꼬마여자 아이고 통로 쪽에는 젊은 아기엄마였다. 그런데 가운데 앉아 있던 서너 살 된 여자 아이가 칭얼대며 창문으로 밖을 내다보고 싶어 내 앞으로 자꾸 왔다.
그 애 엄마는 당황하여
"혜민아 그러면 못써"하면서 아이를 혼 내킨다. "아 괜찮습니다. 그러면 자리를 바꿔 드릴가요?"재수 없는 놈은 뒤로 자빠져도 코가 깨진다더니 창문자리도 빼앗기고 말았다. 그러다보니 창문에는 혜민이가 가운데는 아기엄마가 그리고 통로 쪽에는 4시간동안 내가 앉게 되었다. 아이는 한국 사람인데 엄마는 키가 작은데다 마르고 까무잡잡하여 베트남 여인 같았다. 나의 자리 배려에 그녀는 고마워서 어쩔 줄을 몰라 하였다. 연신 굽실대며 감사합니다. 고맙습니다. 인사를 해댄다.

"아기아빠하고 가면 세 식구 자리가 딱 맞겠는데 애기 아빠와는 같이 안가시나요?"하니 자리양보에 고마움을 느껴서 그런지 비행기가 이륙하여 비상하자 자신의 사생활 이야기를 자세하게 말만 하고 있었다.

"저는 베트남에서 여고시절에 남친도 있었는데 부모님이 40이 넘은 혜민이 아빠에게 졸업하자마자 결혼을 시켜서 안산서 4년을 살았어요. 그런데 남편은 술만 마시면 폭력을 휘두르고 혜민이 딸에게도 학대하여서 더 이상은 견딜 수가 없어 이혼하고 친정으로 가는 중이에요. 집에서는 이혼해서 오는 줄도 모르고 있어요. 어린 딸과 둘이서 죽으려고도 하였으나 혜민이를 친정에 맡기고 이제 23살이니 공장에 취직을 하기로 마음을 고쳐먹었어요."

"아 그러면 나는 베트남말도 못하니 당분간 가이드 좀 해주세요?"

"정말요?"

"그럼요. 정말이지요. 다음에 말할게요."(2권으로)

초 유

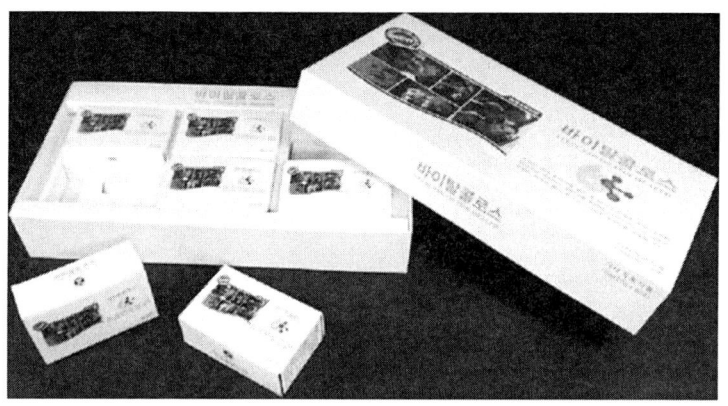

**현대인의 가장 무서운 살인마는 바로 면역질환!!
최강의 면역물질과 성장호르몬의 보고인 초유가
대안입니다.**

바이탈콜로스초유 (2.0g×60포) 2개월분

※228페이지 참조

6.연애 교실

  여자를 단번에 유혹하고 싶다면 페로몬 향수를 당장 사용해라. 여자가 페로몬향이 나는 남자를 만나면 자제 력를 잃는다. 남자가 속 태우던 그녀를 소유할 수 있는 절호의 기회다. 그녀를 향수로 유혹하여 얻었다면 키스로 입술을 빨고 젖꼭지를 핥아 흥분을 고조시켜 놓아야한다.

거기에 황금 봉으로 기교를 부려 온몸을 전율케 하는 쾌감을 선사하면 금상첨화(錦上添花)다. 여자는 보석과도 같아서 남자의 손길이 닿아야만 따뜻한 온기와 향기를 방출하게 된다. 그런 후에는 여자는 간절한 신호를 보내며 입술과 귀가 붉어진다.

눈이 게슴츠레 희미해져 몽롱해진다. 입은 느슨하게 열리고 빨리 빨리하며 애원해할 때 삽입의 타이밍이 적기다. 이런 남자에게 여자는 백기를 들며 당신은 나에 하나님이에요. 내생에 가장 행복을 안겨준 영웅이세요. 하며 만족해한다.
페로몬, 썸싱 봉 상담문의   오실장 010-3443-0183

종교인이 20억으로 가장 많은 이슬람에서는 여자를 천대시 한다. 능력이 있으면 아내를 4명에서 12명까지 소유할 수 있으며, 여자가 생리 중에는 가까이 하지도 않으며, 교회 문에도 들어서지 못하게 한다. 인도네시아, 터키, 중동국가는 거의가 이슬람국가들이다.

여성들은 맨살을 보여서는 안 되므로 히잡을 쓰고 다녀야하고 여자의 성적 매력인 가슴, 허리, 히프의 S자 곡선미를 감추기 위해 펑퍼짐한 옷을 입어야 한다. 그러다 외간 남자와 눈이 맞아 불륜이 발각되면 가문의 수치로 자결을 강요했고 아니면 마을사람들이 돌팔매를 던져 맞아죽게 했다.

이슬람교 10억 명의 여성이 인권침해를 당해도 법보다는 율법의 교리가 더 엄격하다. 사우디에서는 여성들이 이제야 운전면허가 허락되었으며 운동 경기에서 히잡 벗는 것을 허락하였다. 여성에게 성적인 억압을 하는데도 방탄 소년단 공연 시에는 사우디 처녀들이 유래 없이 열광하였다.

여성의 발 크기를 10~15센티 미만으로 크지 못하게 묶어서 만들게 하는 것이 전족이다. 중국에서는 천년 동안이나 여성을 전족으로 괴롭혔다. 여자를 어린아이 때부터 발을 성장 못하게 하는 유래가 있다.

발이 작으니 양쪽 허벅지가 서로 마찰되어 기우뚱거리며 걷게 된다. 그러므로 질 수축력이 뛰어나게 발달되며 수태도 잘되고, 성감이 좋게 되는 것이다. 그래서 천년동안 중국의 인구는 세계1위이며 13억 명의 대국이 되었다.

발 성장을 멈추게 하니 발바닥은 움푹 파이게 굽어지게 되고, 작은 발은 남자의 입속에 다 들어갈 수가 있다. 걷지 않은 발은 예민한 발바닥이 되어 혀로 애무시 그녀는 절정을 느끼며 졸도하게 된다. 그 후로 여성의 발이 작으면 질 수축력이 뛰어나다는 설은 이치에 맞다.

콜라병몸매는 여성의 허리는 짤록하고 가슴이 큰 것을 말한다. 그래서 가슴에는 실리콘을 넣고 히프에 뽕을 넣어서라도 콜라병몸매를 만든다. 미니스커트나 레깅스는 짤록한 허리가 강조된다. 하이힐을 신으면 온 몸을 긴장상태로 만들어 자세는 곧고 몸매가 강조되는 걸음걸이가 된다. 그래서 하이힐을 신고 걸으면 남자들의 시선은 그녀의 몸매에서 잠시도 눈을 떼지 못하게 된다. 입이 벌어지게 만드는 것이 여자의 유혹이다.

하이힐은 운동화보다 훨씬 불편할 뿐만 아니라 발모양도 변형 된다. 앞 발가락이 휘어지고 티눈이 생기지만 멋을 내기위해서는 그만한 고통은 감내 하는 게 여자다. 하이힐은 고문당한 만큼이나 얻는 것도 많다. 우선 여성스럽게 보폭이 좁아져서 걸음걸이가 조심스러워지고 다소곳한 인상을 준다. 장딴지근육이 올라붙고 엉덩이와 가슴이 도드라져 허리의 곡선이 한층 강조된다. 다리가 길고 우아해 보이기도 한다. 최대 장점은 요염하게 섹스어필되어 남자를 유혹하게 한다.

우리는 지고지순하며 가장 고결하고 가장순수하게 여성을 존중한 동방예의지국이다. 그러므로 여성이 남성에게 핑크빛 연정을 느껴 몸을 열 때까지 기다려야 한다. 성 도착증이나 변태들처럼 허락 없이 성폭력을 가해서는 안 된다. 성추행과 같은 성폭력은 하루라도 빨리 없어져야할 문제다.
강제적으로 범하면 부부라도 성폭력으로 형사처벌을 받는다. 제주도에서 전남편을 살해한 30대 여성은 남편이 강제로 성관계를 가지려고 해서 죽이게 됐다며 정당방위를 주장하였다. 살인죄를 빠져 나가려고 악용한 사례이다.

성은 감추면 찬미되지만 드러나면 치욕스러워 추하게 된다. 여자관계가 복잡하더라도 소문나거나 법적으로 말썽나지 않게 하는 것이 능한 기술자다. 선부른 도둑이 첫날밤에 붙잡히듯이 사회저명 인사들 중에는 연애 기술이 없어 외도 한번 못해보고 성추행이란 오명으로 망신살이 뻗친다.

사람은 성장과정이 다르기 때문에 성격과 습관이 제각기 다 다르다. 사랑이 싹터갈 때는 모르지만 사귀어 볼수록 남녀 누구나가 정반대인 것을 뒤늦게 서야 깨닫게 된다.

절약형은 세일기간에만 옷을 사고, 외식도 저렴한 식사를 1인분만 주문하여 둘이 나누어 먹는다. 잠도 10시, 11시 전에 섹스를 끝내고 잔다.

낭비형은 최고급 좋은 것만 사고, 음식도 풍족하게 시켜 남기는가 하면 밤12시는 초저녁 이다보니 잠자리도 못하고 시간도 낭비한다. 일어나지 못해 결국 아침을 거르고 게으른 생활만 하게 된다.

따라서 생활습관이 병으로 나타난다. 가랑비에 옷 젖는 줄 모른다고 자신도 모르게 건강이 서서히 무너져 간다. 그러니 정반대의 커플들은 패턴이 달라 부부 싸움도 끊이질 않는다.

성격이 다르면 죽을 맛이다. 일찍 일어나는 새가 벌레를 잡아먹는다. 절약하는 사람은 주머니에 돈이 한번 들어가면 녹을망정 나오질 않는다. 그런 사람은 부지런하여 고인 물은 썩고 흐르는 물은 맑듯이 혈액도 깨끗하여 병도 없고 건강하다.

어려서 가난하게 살아본 사람은 만약 낭비하고 사치를 하면 죄책감이 든다. 잠시 아무것도 않고 가만히 쉬면 이 험한 세상 살아남지 못할 것만 같아 쉬지도 못하고 분발한다. 이러한 자극제가 되어 성공하게 된다.

일시적으로 지나가는 바람이 더 무섭다. 수많은 남자들은 여자들의 해코지로 하루아침에 인생이 무너지는 일이 너무나 많다.

성문제가 법적으로 비화되면 남자는 불리하다. 법무장관 했던 박희태는 캐디 손을 잡았다가 벌금 전과자가 되고, 충남지사 안희정은 34세 이혼녀가 먼저 좋아해서 4번 성관계로 3년 반 형을 산다. 부인까지 그녀가 자기 남편을 좋아해 불륜이지 성폭행은 아니다 라고 하지만 통하지 않았다.

수조원의 동부그룹회장도 자기 집 가정부와 친하게 지내다 강간범으로 구속 되었다. 합의한 성관계라도 증거가 없다. 우리나라 최고로 80조원 재벌가인 이건회 회장도 식물인간이 되기 전 다리에 힘이 없어 비서들의 부축을 받아가며 외도를 하였다. 카톡이나 유투브에 3명의 여성에게 각 5백만 원 씩을 주고 그룹섹스하는 동영상이 올라와 세상에 드러나 체면을 구기게 되었다.

여론 조사에 의하면 남자는 평균 6명의 여자와 외도를 해본 경험이 있고 여자는 3명의 남자와 성경험을 해본거로 조사되었다. 내가하면 로맨스지만 남이하면 불륜으로 내로남불 이다. 성개방시대가 오면서 간통죄가 위헌으로 없어지니 유부남 유부녀에 부적절한 만남은 날로 늘어나고 있다. 그래서 애인 없는 여자는 6등급 장애자라는 신조어까지 생겨난 것이다. 옛날에는 주부가 불륜을 하였다면 무덤까지 비밀로 하였지만 지금은 애인이 생겼다면 어머머 자기 멋지다. 어쩜 얌전한 고양이 부뚜막에 먼저 올라간다더니 전혀 그런 거 할 줄 모르게 보이는데 쿨 하다. 친목회원들이 부러워들 한다. 정년퇴직한 남편이 퇴직금 받아놓고 삼식이로 집에만 있다가 일찍 병들어 죽자 우리 신랑 멋쟁이 하며 화장실에 가서 웃는 시대다.

천륜이란 부자(父子), 형제(兄弟)간에 어떤 일이 있어도 변할 수 없다. 부모와 자식 형제는 하늘이 내린 도리로 끊으려 해도 끊을 수 없는 것이 천륜이다. 천륜을 끊으면 어떠한 죄보다 무겁다. 아내를 믿고 낳은 자식을 유전자 검사 없이 자신의 혈육으로 알고 키우는 남편들이 의외로 많다.

자기 새끼로 알고 2년이 넘도록 키웠으면 천륜으로 부자간이 된다. 무 정자 남편과 아내가 합의하에 다른 남자의 정자로 인공수정 하여 출산한 아이도 법적으로는 천륜이다. 남편은 아내의 불륜을 모르고 남의 씨가 내 밭에 와서 떨어져 낳은 것도 내 자식이다.

부모의 성씨와 의붓자식의 성이 다를 때는 새아버지

성을 따라 호적을 바꿀 수 있어 놀림을 받거나 주눅 드는 것을 막을 수 있다. 준상은 로즈와의 복잡한 사생활로 엉키지는 않으려고 경계하였다.

한번 밖에 없는 인생을 후회 없이 살려면 배우자 이외 남자친구나 여자 친구는 꼭 한사람 있어야 한다. 그리고 같은 취미를 갖고 여행도하고 등산도 하면 삶이 즐거워진다.

도전을 하여야 하고 쉬지 않고 공부도 하여야 한다. 새로운 것에 도전을 하여 취미생활로 즐겨야 한다. 그리고 늘 배우는 자세로 공부를 하면 인생을 더 잘살 수가 있다.

건강은 아무리 강조 하여도 지나치지가 않는다. 늘 고루고루 잘 먹어서 영양섭취가 충분하면 때깔도 나고 인물도 좋아진다. 적당한 운동을 겸하며 치아 눈 귀를 보호하여야 백년을 살 수가 있다.

머리는 빌릴 수 있어도 건강은 빌릴 수가 없다. 그러므로 자신의 건강은 자신 스스로 지혜롭게 지켜야 한다. 재산을 잃는 것은 조금 잃는 것이고, 명예를 잃는 것은 많이 잃는 것이며, 건강을 잃는 것은 전부를 잃는 것이다.

제아무리 돈을 버는 일이 있고, 좋은 일이 있다 하더라도 건강을 잃어가며 하는 일은 어리석은 일이다. 매사에 모든 것은 건강이 우선 전제되는 조건에서 이루어져야한다.

젊어서부터 생활습관이 좋으면 건강하게 장수하듯이 성격이 좋은 거북이처럼 느긋하면 2백년을 살고 사자처럼 사나우면 12년 밖에는 살지 못한다. 발끈하고 화를 자주내면 독이 쌓여 혈액이 끈적거리게 되어 병에 걸린다.

교도관이 책을 사러왔다. 죄수들이 스포츠 신문을 구독해서 보니 작가님 책 광고를 보고 사형수 하나가 작가님 책을 넣어주지 않는다고 단식 투쟁중 이라 급히 사러 왔다는 것이다. 형무소에서 죽을 날만 기다리고 낙이라고는 작가님 소설로 대리만족뿐 이라며 큰 인기 입니다.

화성 연쇄살인 사건에 이춘재도 14명의 여자를 살인한 것이 모두가 강간 때문이며 그 외도 30명 더 성폭행을 하였다고 한다. 그 많은 욕구 중에 성욕은 가장 강렬한 것이다. 예로부터 남녀칠세부동석으로 친남매도 밥상을 따로 차려 주었다.

정신병자인 사이코패스, 성도착증 바바리맨등 성에 대한 변태들은 자제력이 부족하여 성범죄를 저지르게 된다. 여자의 늦은 밤 귀가나 하반신을 다 드러내며 흐트러진 모습을 보일 때 목숨까지도 위협을 받는다. 남자의 시선을 자극하는 것은 정신이 온전치 못한 사내들에게 기름을 붓는 격이다.

본 저자가 쓴 70여종의 책이 30만부나 판매 되다보니 독자상담도 많았다. 그중에는 몇 백 명의 여성독자를 상담 해보았다. 순박함도 있고 어리석음도 있고 무지함도 있다.
"선생님 남자들이 왜 여자보고 맛이 있느니 없느니 하는데 그게 무슨 말이에요?"
"오르가즘을 잘 느끼며 소리를 잘 내면 맛이 있다고 하고, 불감증으로 느끼지 못하고 소리도 가짜로 내면 맛이 없다고 하지요."
"아 네 키가 크면 고추도 크고 키가 작으면 고추도 작나요?"

"키하고 고추 하고는 관계가 없어요."

"왜 남자들은 자기 고추가 작다고 콤플렉스를 느끼나요. 나는 고추 큰 남자는 싫은데"

"대물 보다는 기교와 테크닉이 더 중요 하지요. 애무도 없이 성급하게 일방적으로 자기욕심만 채우기 위해서 사정만 하면 파트너는 불만이 생겨 바람이 나게 되지요."

늦은 밤인데 상담 폰 소리가 나서 받으니 한참동안 아무 소리가 없다가 한숨 소리만 들리다 끊는다. 몇 날 며칠을 그러다 용기가 났는지 다짜고짜 선생님 용서하세요. 남편이 교통사고로 사망한 40대초 미망인이에요. 자위를 하다 대학생 아들에게 들켰어요. 고민 중에 제일 부끄러워 말 못할 고민을 털어 놓았다. 아들이 공부하던 중에 엄마의 신음소리를 듣고 쳐들어와 아들한테 꼼짝없이 당했다며 하소연 하는 여인이었다. 그런데 그 아들이 상피 붙은 후 엄마를 안 떨어지려고 해서 작가님 이럴 때는 어떻게 해야 되나요? 매일 고민에 쌓여서 지내고 있어요. 군대에 보내거나 결혼을 시키거나 외국으로 멀리 보내는 방법 밖에는 없네요. 이 녀석이 다른 여학생하고 사귀다가도 엄마가 생각나서 한 달도 못가서 헤어졌다고 하니 이 일을 어찌하면 좋을까요? 선생님 동네 사람들이 알까봐 오금이 저리고 하늘이 부끄럽네요.

박사님 책을 감동적으로 잘 보았습니다. 제가 대학생 때 부모님은 외가댁 잔치에 가시고 여고에 다니는 여동생과 단둘이 있다가 넘어서는 안 될 선을 넘고 말았습니다. 여동생도 오빠를 이해했는지 바라고 있었는지 저항도 안하고 울지도 않았어요. 하여서는 안 될 짓을 하고 죄의식에 빠져있습니다. 그러던 중 여고를 졸업한 동생이 2시간 거리로 시집을 갔어요. 그런데 이게 웬일 입니까 새신랑 몰래 오빠 좀 오라는 거예요. 신랑하고 잠자리를 해도 오빠 생각만 난다면서 자주 만나자는 거예요.

옛 말에 피가 같은 쌍 피끼리 붙으면 안 떨어진다고 하던데 그 말이 맞는 걸까요? 그러면 어떡해요. 저는 아직도 미혼인데 박사님의 좋은 의견 기다리겠다며 문자를 보내왔다.
한번이나 백번이나 한 거는 같다고 하지 말고 상처는 도려내야 새 살이 돋듯이 과감히 내쳐야 합니다.

이제는 식사를 대접하겠다며 찾아오는 남성 팬보다 여성 팬들이 많다. 작가님의 신간 책이 나오는 대로 다 보았다는 독자가 팬 중에 캐셔 일을 한다는 여인이 사무실 앞 커피숍에 와서 기다리고 있었고, 수원에서는 주부도 찾아왔다.

"포항 인데예. 올라가면 작가님 좀 만날 수 있는교? 미리 전화로 예약하고 오겠다는 분도 있었다. 여러 명의 여성독자 분 중에는 이유도 가지각색 이였다. 바쁘신데 시간을 내주셔서 고맙습니다. 하고는 작가님이 어떻게 생기신 분인지 좀 뵈러 왔다고도 하고 자신의 고민을 상담하러 오기도 했다.

대구에서 올라오신 여성독자 분은 50이 다되도록 단 한 번도 만족을 못 느껴봤는데 어떻게 하면 될 수가 있느냐고 상담하러 왔다. 남성 독자들은 여자를 소개시켜 주실 수 없느냐 거나 비아그라를 먹어도 안되는데 발기가 잘되는 방법은 없느냐고 상담해 오기도 하였다.

신제품 어머머~ 어머나♥

"어쩜 그리도 섹시하게 예뻐졌니!"

어머나는 갑자기 닥친 것에 놀라서 여자들이 내는 큰 소리다.

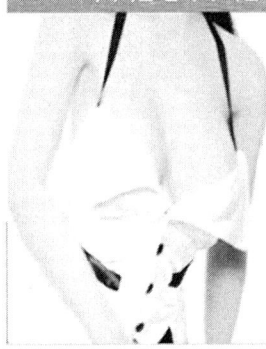

100ml : 3개월분 　 삼성제약 : 60일분 　 마사지기

가슴, 힙, 허벅지, 종아리가 탱탱해졌기 때문만이 아니라 얼굴에 보습을 (잡티, 미백, 주름짐) 윤이나기 때문이다.

"신의선물" 이라 불리는 프랑스산 원료는 기능성으로 어머머~어머나는 신제품으로 개발되었기 때문이다.
선물로 드리는 마사지기로 하루에 10분씩만 투자해 보세요.

①크림+②콜라겐+③마사지기　3종 110,000원

삼성 콜라겐까지 섭취하시면 더욱 업그레이드 되므로 남다른 선택이 명품여자로 이어집니다.

남자라면~ 쏘팔메토를 **꼭** 드세요

파워업쏘팔메토

삼성제약

박스당 30정
3박스 90정 = 3개월분 **99,000**원

- 전립선 비대예방
- 소변이 굵고 시원해요
- 요도을 넓혀줘요
- 화장실에 자주 안가요
- 남성호르몬을 증가시켜요
- 성기능저하를 줄여줘요

부 록

꼭 읽어야 할 보석 같은 정보 마카

세계 선진국들을 놀라게 한 신비스러운 파워 마카는 최근 미국, 일본, 유럽 등 전 세계에 폭발적인 인기를 모으고 있는 21세기의 神草가 바로 마카이다.
마카는 해발4,000미터가 넘는 안데스고원의 가혹한기후와 환경조건에서 자라는 약용식물로 '안데스의 산삼' '천연비타민의 보고' '기적의 불임치료 식물'등으로 불린다. 거기에다 마늘, 굴(인) 호르몬 생성식품 31종이 첨가된 발효식품이 파워 마카이다.
현대인들의 최대관심은 '잘 먹고 잘 살자'를 넘어 건강과 성공의 두 마리 토끼를 잡는 것.

곧 성력(性力)을 우선으로 하는 시대다. 그렇다보니 건강에 좋다면 어떤 먹거리도 마다 않을 태세다. 도가 지나쳐 몬도가네식 먹거리도 여기저기에서 유혹한다.

무엇을 먹어야 살 안 찔까? 성인병에 안 걸릴 수는 없나? 나이 들면서 점차 고개를 숙이는 정력, 갱년기가 무서워지고 병원에 가보면 고생만 실컷 하고 결국 외롭게 병치레하다가 죽는 건 아닐까? 등등 현대인의 건강에 대한 스트레스는 그것 자체로도 하나의 질병이 되고 있다. 먹거리 하나만 몸에 좋다면 두 배 세배 값을 치르고라도 먹지만 그 효과는 찜찜한 것뿐이다.

여기에서 잘 먹고 잘 살자는 것은 무얼까? 그것은 쉽게 말해서 정력이 있느냐, 곧 성적능력을 유지할 수 있느냐로 압축할 수 있다. 성력이 강한 사람치고 건강하지 않은 사람이 어디 있는가. 건강하지 않으면 성기능을 유지할 수 없다는 것은 누구나 아는 사실. 따라서 나이가 들어서도 정력을 유지하고 효과적으로 기능할 수 있다면 건강하다 할 수 있는 것이다. 그래서 모두가 정력, 정력 하는 것이다.

그런데 고대인들이나 조상들의 성 능력은 어떠했을까? 아마도 오늘날처럼 호들갑스러울 정도로 약하진 않았을 것이다. 먹거리가 넘쳐나고 생활도 윤택해졌다면서 왜 현대인들은 옛날사람보다 성력은 떨어지는 걸까? 바로 스트레스와 잘못된 식습관에 의한 성인병, 환경오염 등 성력을 위협하는 것이 많아진 때문이라고 전문가들은 진단하고 있다. 찬란한 잉카문명을 건설했던 잉카족들은 해발 3,000미터 이상이나 되는 고원에서 살았다. 고원지대는 희박한 산소, 낮의 강한 햇빛, 밤의 영하를 넘나드는 차가운 기온, 거센 바람, 척박한 땅 등 무엇 하나 사람이 살기에 적당한 환경이 아니다. 그런데도 잉카족들의 체력은 강건했고, 여성들의 피부는 탄력이 있었다고 한다. 그 이유는 무엇일까?
바로 마카였다. 그리고 아이러니하게도 잉카는 마카 때문에 스페인 군대에 정복당한다. 잉카의 후예인 페루에서는 마카를 밥의 대용인 주식으로, 레스토랑의 일류 요리로, 가루 형태로 우유나 주스에 넣어 마시는 음료로, 요리의 조미료로, 아이들의 영양 간식 등 다양하게 사용되고 있다. 이제 (벌써) 유럽이나 미국, 일본, 러시아, 중국 등에서 21세기의 신초, 마카 붐은 대단하다. 정력제는 물론 건강식품으로 널리 사용되고 있는 것이다.

이제 우리나라에서도 마카를 맛볼 수 있게 되었다. 페루정부가 보증하고 우리나라의 식품의약 안전청의 엄격한 심사를 통과하여 시장에 나오게 된 것이다. 또 한국 내 유명대학과 식품연구소의 생 약초개발팀은 이미 '안데스의 산삼'으로 마카를 주목하고 활발한 연구 활동을 벌이고 있다.
마카의 등장은 현대인들의 성적능력을 높이는 것은 물론 성인병, 불임, 갱년기 장애등의 고통으로부터 벗어날 수 있는 기적의 약초로 널리 알려지게 되었다.
게다가 섹스회수가 한 달에 한 번 이하의 섹스리스 가정이 늘고 있는 우리나라의 남성들과 여성들에게도 좋은 자극제가 될 것이다.

제 1 장 세계가 주목한 21세기의 신초(神草) 마카.
해발4000미터 안데스고원에서 자생하는 천연식물 마카.

세계지도를 펼쳐보면 남미대륙의 태평양쪽에 안데스산맥이 쭉 달리고 있다.
그리고 적도부근에 페루가 있다. 페루는 모두가 알다시피 잉카문명과 현대인들이 동경하는 황금의 땅, 엘도라도의 신화로 유명하다. 그리고 그 곳에 전설적인 식물, 마카가 있다.

마카(MACA)는 새롭게 알려진 식물은 아니다. 남미의 안데스산맥 해발4000미터가 넘는 고지의 혹독한 기후 속에서 잉카족이 살기 훨씬 이전부터 자생해온 식물이다. 낮 동안에는 강렬한 햇살을 받고, 밤에는 영하에 내려가는 기온, 낮은 기압과 강한 바람 등을 견디며 자라나는 식물이다. 도저히 식물이 살 수 없는 자연 환경 속에서 자생하는 마카. 하지만 이 특이한 식물은 잉카족의 귀족들만 먹던 귀중한 음식이었다. 그 놀라운 영양가와 맛은 오늘날 잉카인들의 주식으로 재배되고 있으며, 전 세계인들의 강장 영양식품인 21세기형 약초로 주목받고 있다.

마카의 종류는 100여종이 기록되고 있으나 현재 페루에는 11종의 마카가 재배되고 있다. 재배한다고 해서 사람들이

기르는 것이 아니라 완전한 유기농 형태에 자생한 것을 거두어들일 뿐이다. 페루 원산의 마카는 해발4000~5000미터의 고지에서 재배되는 것을 가리킨다.
식물적으로 말하면 마카는 아브라나과의 레피데이움속에 속한다.
정식 학명은 Lepidium Peruvianum Chacon sp.nov로 마카 연구의 일인자인 글로리아 챠콩 박사의 이름이 들어있다. 야생 마카는 꽃모양이 장미와 비슷하며, 땅 속에 묻힌 뿌리와 알맹이 부분을 건조시킨 것이 식용으로 쓰인다.
마카의 뿌리는 감자와 모양이 비슷하며, 알맹이 또한 감자와 비슷하다. 알맹이에서 한 줄기위로 향해 가느다란 줄기가 뻗어있다. 이 줄기는 5센티가 채 되지 않아 땅 위로 고개를 내밀지 않는다. 따라서 천연으로 자생하는 마카를 발견하려면 줄기에서 뻗어 나와 땅 위로 자라난 잎을 찾아낼 수밖에 없다.

마카의 잎은 다소 시들어있는 모습을 하고 있다. 색깔은 밝은 노랑, 진한 보라, 탁한 분홍, 파스텔 분홍 등 여러 가지가 있고, 별로 화려하지 않아서 풀과 같은 느낌이다. 감자밭 사이에 마카를 심으면 감자밭 사이사이로 잡초가 자라 있는 것처럼 보인다.
이렇게 페루의 대자연속에서 재배되어 내려오고 있는 마카에는 어떤 신비로운 힘이 감춰져 있는 것일까? 그 역사적 배경과 효능, 과학적 성분 등 다양한 점으로 자세하게 자세히 살펴보기로 하자. 마카의 신비로운 효능에 모두 놀라게 될 것이다.

잉카왕과 귀족들만 먹던 강장식품 마카

페루에는 과거 찬란한 문명을 가진 잉카제국이 있었다. 태양신을 숭배하는 잉카제국 사람들은 조금이라도 더 태양과 가까이하려고 주거지를 높은 곳에 정했다. 수도 쿠스코는 해발 3000미터가 넘는 고지에 건설되었다.
그러나 공기가 희박하고 기후가 혹독한 고지에서 사람들은 체력이 크게 소모 되었다. 그것을 보충하기 위해서는 자양강장 효과가 있는 식품을 필요로 했다. 그래서 잉카 사람들은 일찍이 마카에 눈을 뜨게 되었고, 주로 왕과 귀족들이 자양식에서 마카를 이용했다.

오늘날 마카가 주로 생산되고 있는 고원지대는 잉카제국 영토 내에 있었기 때문에 제국의 지배자들은 마카의 효능에 관해 알고 있었다. 그들은 라마 같은 가축과 소량의 마카를 물물 교환했을 정도로 마카를 귀중하게 취급했다.
한편 잉카제국의 왕은 전사들에게 체력을 보충시키기 위해 마카를 먹게 했다고 전해진다. 안데스지역의 여러 부족들은 서로 세력 확장을 위해 다투었는데, 그중에서도 잉카족이 강성하여 마침내 주변의 부족들을 물리치고 거대한 제국을 이루었다. 이 과정에서 강한 전사가 반드시 필요했고, 전쟁에서 승리를 거둔 전사에게는 포상으로 마카가 지급되었다고 한다.

잉카제국의 군대는 주변 부족을 공격하여 함락시키기 직전이 되면 전사들에게 마카의 지급을 중지시켰다. 승리한 죽음들이 강탈과 폭행을 일삼게 되어 군대의 질서가 문란해질 것을 걱정했기 때문이다. 그래서 목표물을 함락시키기 직전에 전의를 북돋는 마카의 지급을 중지시켰던 것이다.

건강하고 탄력 있는 피부를 자랑하는 페루 여성의 미용 비결

마카는 예로부터 페루사람들에게 자양강장과 피로회복을 위한 생약으로서 친숙한 식물이었다. 지금도 안데스산맥의 고지는 기후도 좋지 않고 척박한 환경에서 먹거리가 풍부하지도 않은데 남자들은 건장한 체격을, 여성들은 건강한 몸매를 자랑한다. 그리고 장수하는 사람도 많은데 그 이유로 마카의 효과를 꼽는다.

페루 인들이 세계에 자랑하는 '세 가지 기적'이 있다. 바로 감자, 키니네, 켓츠클로가 그것이다.
페루의 감자는 흉년과 페스트가 휩쓸던 유럽인들을 굶주림에서 구해낸 작물로 역사적으로 널리 알려져 있다. 스페인의 정복자들은 신대륙에서 나는 감자를 유럽의 본국 스페인에서 갖고 돌아왔다. 유럽에서 재배된 감자는 그 후 독일에서 프리드리히 대왕에 의해 본격적으로 재배되어 독일

사람들은 물론이고 유럽각국에서 주식에 가까운 대단히 중요한 위치를 차지하게 되었다. 감자는 이렇게 유럽 근세역사에서 가장 귀중한 음식이었으며, 굶주림에 허덕이던 수백만 명의 사람들을 구해냈다.
또 한 가지는 말라리아가 세계적으로 이를 막고, 인류를 구원한 특효 키니네(kinine)다. 키니네는 페루에서 자라는 나무 키나노키의 껍질에서 발견된 것이다.
암, 류머티즘, 기타 여러가지 생활습관성 병에 대한 놀라운 면역증강 작용이 있는 캣츠클로 또한 유명하다.
그리고 이 세 가지 기적의 식물에 이어 세계적으로 주목받고 있는 것이 안데스산 식물 마카다. 이제 마카가 지니고 있는 놀라운 힘에 관해 살펴보자.

발기부전과 불임, 갱년기 장애를 낫게 하는 마카

지금까지도 정력증강에 좋다고 하는 강장식품이나 약품, 건강식품은 많이 있었다. 그러나 마카는 종전의 것들과는 완전히 다르다.
한마디로 어떤 점이 다른가하면 어디까지나 자연의 형태로 성기능을 증강시킨다고 하는 점을 큰 특징으로 들 수 있다. 남성의 경우는 발기부전을, 여성의 경우는 불임증과 갱년기 장애를 낫게 한다.
마카는 스트레스성 발기부전에 효과가 있는 알카로이드를 다량 함유하고 있다. 또 난자와 정자의수를 크게 촉진시키는 남성호르몬과 관계되는 스테로이드, 음경동맥 혈액의 흐름을 활발하게 만드는 덱스트린도 포함하고 있다.
이 내용만 보면 화학약품인 발기부전 치료제를 떠올리게 된다. 이런 성분들이 남성의 발기부전을 개선시키게 된다. 그러나 발기부전 치료제는 화학약품으로서 부작용이 우려되는 것과는 대조적으로, 마카는 더 큰 효능을 갖고 있는 천연식물이라고 하는 점에 주목해야 한다. 곧 부작용으로부터 자유롭다는 것이다. 다시 말해 '페루산 천연발기부전 치료제'라고 해도 좋을 만큼 자연그대로의 형태로 성 기능에 활력을 주는 전통적인 강장식이다.
발기부전과 정력의 쇠퇴로 고민하는 현대의 남성들에게, 또 불임증 갱년기장애로 고민하는 여성들에게 마카는 정말 반가운소식이 아닐 수 없다.

세계 각지에서 관광객들을 끌어 모으는 마카 축제

페루의 대자연속에서 마카는 5월부터 7월에 걸쳐서 수확하고, 파종은 9월부터 11월에 걸쳐서 이루어진다. 기본적으로 재래식농업, 천연유기농으로 재배된다.
일단 씨를 뿌리고 나면 땅 속에서 싹이 터서 뿌리를 내리기까지 어느 틈엔가 겨울을 넘기고 자라있기 때문에 농약이나 비료도 필요 없다. 마카는 단지 땅속의 영양분을 흡수하고 비를 맞고 자랄 뿐이다. 따라서 재배하는데 별로 손이 많이 가지 않는 작물이다.

다만 마카를 재배하려면 아연 같은 미네랄이 풍부하게 들어있는 땅이 필요하다. 안데스의 혹독한 자연환경 속에서는 그렇게 영양이 풍부한 땅은 많지 않은 법이어서 극히 일부 마을에서만 재배할 수 있다.

그리고 일단 한 차례 마카를 재배한 땅은 양분을 몽땅 흡수하기 때문에 한동안은 사용할 수 없다. 우리나라의 인삼 재배가 그러한 것과 똑같다.

그래서 농민들은 마카를 수확하고 나면 양 같은 가축을 키운다. 그렇게 해서 5~6년을 쉬는 동안 가출한 퇴비가 땅속에 충분히 스며들면 다시 재배를 시작하는 식으로 완전한 유기농재배를 한다.

씨를 뿌릴 때 옛날 사람들은 풍작을 기원하며 밭에서 춤을 추고, 노래도 했다고 한다. 안데스 산 여기저기에 마카의 풍작을 기원하는 메아리가 울려 퍼지면 마카는 땅속에서 겨울을 보낸다. 풍작을 기원하는 축제는 고원에서 생활하는 민족들의 전통 축제로서 해마다 성대하게 열린다.

수확은 주로 손으로 하며, 수확한 다음에는 정성껏 건조시킨다. 말이나 소의 배설물을 충분히 흡수한 땅이 아니고는 제대로 자라지 않는다고 한다. 한번 재배하고 나면 그 땅을 8년간 고갈시킬 만큼 땅에서 영양소를 빼앗아가기 때문이다. 거꾸로 말하면 마카가 그만큼 풍부한 영양소를 지니고 있다는 이야기다. 그 영양소는 또 한 가지의 '안데스의 기적'이라 해도 손색이 없다.

마카의 천연비타민이 합성비타민보다 효과 있다.

비타민이 몸의 대사를 원활하게 하는데 필요하다는 것은 누구나 아는 사실이다. 페루에서는 마카의 풍부하게 함유되어 있는 천연 비타민과 같은 비타민이 정제형태로 만들어져 시판되고 있다.
여기서 주의할 것은 비타민이란 천연 그대로의 상태로 섭취하는 것이 보다 효과적이라는 사실이다. 현재 시판되고 있는 비타민제는 석유와 포도당에서 화학적으로 합성되어 만들어지는 것이다. 최근에는 100%화학 합성비타민제도 시판되고 있다.
천연비타민과 화학합성비타민은 비타민 자체의 화학구조식이 동일하지만 체내에서 나타내는 효력이 다르다.
우리 몸에는 어떤 음식이 몸에 이로운 것인지 해로운 것인지를 알아차리는 센서가 있다. 그 센서가 유익하다고 판단한 성분은 흡수되고, 해롭다고 판단한 성분은 몸 밖으로 배출된다.

비타민C의 경우를 예로 들어 천연비타민과 합성비타민의 차이를 살펴보자. 비타민C 자체는 천연비타민과 합성비타민 모두 아스코르빈산이라는 동일한 성분이다. 그러나 천연비타민의 아스코르빈산 주위에는 비타민P, 플라보노이드, 미네랄 등 비타민C이외의 성분이 들어있다. 이러한 남아돈다고 여겨지는 성분이 체내에 들어오면 천연비타민C의 흡수력을 높이고, 비타민C의 기능을 돕는 작용을 한다. 한편 합성된 비타민C의 성분은 대부분이 순수한 아스코르빈산이다.
인류가 탄생하면서 인간은 천연야채와 과일을 통해 비타민을 섭취해 왔다. 그래서 우리 몸의 센서는 천연비타민을 흡수하는 것이 자연스러운 상태다.
합성비타민은 화학적으로 처리된 물질이기 때문에 천연비타민과 비교하면 우리 몸에서는 이물질에 가까운 성분이다. 우리 몸의 센서는 화학비타민을 이물질로 판단해 분해, 흡수하지 않고 2~3시간이면 몸 밖으로 배출시키고 만다. 따라서 합성비타민으로 천연비타민과 동등한 효과를 얻으려면 많은 양을 섭취해야만 한다.

피곤할 때 비타민제를 한꺼번에 많이 먹으면 소변이나 땀에서 비타민 냄새가 나는 것을 많이 경험할 것이다. 그것은 우리 몸이 합성비타민을 이물질로 판단하여 재빨리 소변이나 땀과 함께 버리기 위해 일어나는 생리적 현상이다. 말하자면 순도가 높은 합성비타민은 화학물질로서는 완전하다고해도 우리 몸에는 불완전한 비타민인 것이다.
한편 합성비타민은 먹기만 해서는 바로 도움이 되지 않는다. 몸속에 들어가서 복잡한 과정으로 이루어지는 화학변화를 거쳐야 비로소 효소로 바뀌어 그 작용이 시작된다.
그러나 마카로 섭취한 천연비타민은 처음부터 효소의 형태로 되어 있기 때문에 몸속에 들어오면 곧바로 작용을 시작한다. 이와 같이 마카에 풍부하게 함유된 천연비타민은 합성비타민보다 흡수율이 높기 때문에 허약해진 몸을 신속하게 회복시켜 준다. 그리고 생식기능을 움직이게 해서 임신하기 쉬운 체질로 만들어주는 것이다.

몸에서 필요한 미네랄을 그대로 먹는 마카

미네랄은 비타민과 함께 작용하여 인체의 여러 가지 기능을 조절하고, 병의 증상과 원인을 개선하는 작용이 있다.
우리 몸에 필요한 미네랄은 16가지가 있으며, 그 가운데 7가지 주요미네랄이라 일컬어지는 것으로, 체내 미네랄의 99%를 차지한다.
주요 미네랄이란 칼슘, 인, 칼륨, 유황, 나트륨, 염소, 마그네슘을 일컫는 것으로 인체의 골격이나 치아를 형성하고, 신경의 흥분을 가라앉히고, 심장이나 근육의 기능을 조절한다.
그밖에 미세원소라 일컬어지는 철, 아연, 동, 셀렌, 망간 등은 기초대사를 높이고, 혈액을 만들고, 발육을 촉진시키고, 활성산소의 발생을 억제시켜 암을 예방하는 작용을 한다. 특히 아연에는 정자의 조성능력을 높이는 작용이 있다.
이렇게 중요한 역할을 하는 미네랄이 부족하면 생식기능을 비롯한 몸의 활동력이 떨어지기 때문에 당뇨병, 심장병, 암 등 생활습관성병에 걸리거나 남성의 경우 정자수가 줄어 불임증의 원인이 되는 것이다.
천연마카 100g 가운데에는 칼슘 332mg, 인 340mg, 철 13.4mg, 망간 1.9mg, 마그네슘 100mg, 아연 3.3mg, 나트

륨 15.9mg, 칼륨 1940mg이 들어있어 미네랄이 풍부한 야채 가운데서도 미네랄의 수와 함유량이 뛰어나게 많다. 미네랄 이외에 인삼성분인 사포닌, 알칼로이드 등 유효성분도 풍부하다.

임신하기 쉬운 체질로 만들어주는 마카

안데스고지의 사람들은 기압이 높고 공기가 희박한 곳에서 산다. 이럴 경우 여자들의 임신능력이 현저히 떨어지게 된다. 하지만 페루에서는 이러한 환경을 극복하기 위해 오랜 옛날부터 임신적령기의 여성들에게 마카를 먹여왔다. 왜 그랬을까?
마카는 호르몬 작용을 활발하게 하여 균형을 잡아주는 작용이 있기 때문이다.
임신과 출산은 배란에서 시작하여 수정, 수정란의 자궁벽 착상, 태아의 발육, 그리고 출산에 이르기까지의 과정을 거친다. 이 과정은 뇌의 간뇌, 뇌하수체, 난소 등에서 분비되는 여러 개의 호르몬에 의해 조절된다. 따라서 호르몬의 균형이 깨지면 생식기의 작용이 흐트러져 임신하기 어려워진다.

마카의 효능 가운데서도 주목할 만한 것이 에스트로겐의 분비를 촉진하는 효과다.
에스트로겐은 여성호르몬의 일종으로, 여성의 생식기능을

조절한다.
갓 태어난 인간은 생식기 이외에는 남녀의 차이가 거의 없다. 성차가 나타나는 것은 사춘기를 맞이하여 성호르몬이 활발하게 분비되면서 부터다.
성호르몬의 분비에 의해 2차 성징이 나타나면 남성은 수염이 자라고, 음성이 굵어지며, 남성다운 몸매로 변한다. 여성은 유방이 부풀어 오르고, 엉덩이가 커지는 등 여성다운 몸매로 변한다.
동시에 여성의 체내에서는 난소와 자궁이 성숙하여 배란이 일어나고, 월경이 시작된다. 이렇게 여성의 몸은 에스트로겐에 의해 임신과 출산을 위한 준비가 이루어진다. 에스트로겐의 분비량은 나이가 들면서 감소한다. 개인차가 있기는 하지만 여성이 50대에 접어들면 에스트로겐은 거의 분비되지 않는다. 따라서 배란이 멈추고, 폐경을 맞이한다. 폐경 전후에 갱년기장애라 일컬어지는 불쾌한증상이 나타나는 것은 몸의 기능이 변화해 몸과 마음이 따라가지 못하기 때문이다.

성장 발육하는 사춘기에서부터 결혼생활까지 또한 임신 중에도 마카는 산모나 태아에게 훌륭한 영양소가 된다.
한편 에스트로겐은 칼슘이 뼈에 스며드는 것을 촉진한다. 그래서 폐경이 되면 칼슘이 부족하여 뼈가 물러지는 골다공증도 나타나기 쉬운 것이다. 이와 같이 여성은 일생을 통해 사춘기와 갱년기라는 두 차례의 커다란 변화를 겪게 된다.

40대를 지나 50대로 접어들면 에스트로겐의 분비가 감소하는 것은 노화현상으로, 어쩔 도리가 없다. 이런 시기에도 마카는 필요하다. 그러나 10대와 20대, 혹은 30대의 임신 적령기에 어떤 이유에서 에스트로겐의 분비가 줄었을 경우는 치료가 필요하다. 그 원인으로는 영양상태의 악화와 스트레스로 인한 전신의 호르몬 분비 불균형 등을 들 수 있다.

이럴 때 마카를 복용하면 에스트로겐의 분비를 촉진시켜서 여성생식기의 작용이 활발해진다. 여러 가지 이유로 임신가능성이 낮았던 여성에게도 다시 기회가 찾아오는 것이다.

페루 정부가 보호하고 보증하는 주요 수출상품 마카

페루에서는 마카가 유력한 수출상품인 만큼 국가사업으로서 연구, 조사가 이루어지고 있으며, 법률도 제정되어있는 등 국가적인 차원에서 보호 육성되고 있다.

마카에 여러 가지 약효가 있다는 사실은 원산지 페루에서는 수천 년 전부터 알려져 있다. 특히 글로리아 챠콩 박사는 마카 연구의 일인자로, 마카의 학술명(LEPIDIUM PERUVIANUM CHACON sp.nov)에는 챠콩 박사의 이름이 들어 있을 정도다. 마카가 발기부전과 불임증에 효과가 있다는 연구결과는 챠콩 박사에 의해 발표된 것이다. 이와 함께 페루의 국영방송에서 마카를 보도하여 그 약효가 세계에 널리 알려지게 되었고 마카의 효과에 관한 연구가 더욱 활발하게 이루어지고 있다.

1961년 챠콩 박사는 마카의 유효성분을 흰쥐에게 투여하는 실험을 했다. 그 결과 마카를 투여한 암컷 흰쥐의 난자세포는 성숙이 촉진되어 출생률이 향상된다는 사실을 확인했다. 마카를 섞은 먹이를 6개월간 먹인 흰쥐(암컷 두 마리, 수컷 여덟 마리)들에서는 최초번식 기에 마카를 주지 않은 흰쥐(암컷 두 마리, 수컷 여덟 마리)들보다 열 마리나 많은 새끼가 태어났다.
마카에 함유된 알칼로이드는 남성의 스트레스성 발기부전을 개선하는 작용이 있고, 여성의 난자세포를 성숙시키는 효과도 함께 갖고 있는 것이다.
챠콩 박사는 양을 통한 실험도 실시했다. 교배 전에 양을 두 그룹으로 나누어 한 쪽에는 15일간 마카를 먹이고, 다른 한쪽에는 먹이지 않았다. 그런 다음 각 그룹을 별도로 교배시킨 결과 마카를 먹인 양은 100%새끼를 뱄고 유산도 거의 하지 않았다. 반면에 마카를 먹이지 않은 양은 새끼를 밴 확률이 74%로 낮았으며, 유산이나 출산의 이상증세도 많이 나타났다.
이러한 연구결과를 통해 챠콩 박사는 첫째, 마카는 동물의 임신을 촉진하는 작용이 있다는 것과 둘째, 수정된 이후의 수정란의 생육을 정상적으로 조절하는 작용이 있다는 것을 증명했다.

마카에 풍부하게 함유된 리신과 아르기닌 같은 필수아미노산과 활성물질이 흰쥐와 양의 생식능력을 높인 것으로 보고 있다. 수정란의 생육을 정상적으로 조절하는 것은 마카의 여러 가지 유효성분들이 수정란을 둘러싼 생식능력을 향상시키고 안정되게 한 것을 나타낸다. 수정이 되어도 수정란이 자궁벽에 제대로 착상하지 못하면 유산할 가능성이 매우 높기 때문이다.

마카를 우주식품으로 채택한 미 항공우주국

또 한 가지 마카의 약효가 뛰어남을 증명하는 사실이 있다. 미 항공우주국(NASA)가 마카를 우주미행사의 식품으로 채택한 것이다. 우주비행은 위험하고 가혹한 조건, 곧 중력이 부족한 우주공간에서 생활하기 위해 생리기능의 부조화가 곧잘 나타난다. 우주비행사는 강인한 육체와 명철한 두뇌, 그리고 뛰어난 반사 신경 등이 필요하다. 이러한 능력을 우주공간에서 유지하는 데 마카가 가장 적합한 식품이라고 판단한 것이다. 그 첫 번째 이유는 마카가 함유하고 있는 필수 아미노산이다. 아미노산은 단백질의 소재로, 단백질은 우리가 살아가는 데 꼭 필요한 영양소다.
사람의 심장, 혈액, 피부 등 세포조직의 주성분은 단백질이다. 곧 단종 호르몬 역시 주성분이 단백질이다. 난자와 정자도 단백질에 의해 만들어진다. 단백질이 우리 몸을 형성하는 중요한 재료인 것이다. 뿐만 아니라 각종 호르몬 역시 주성분이 단백질이다. 단백질은 곧 생명의 근원이라고도 할 수 있다. 이러한 단백질의 소재인 필수 아미노산을 풍부하게 함유한 마카는 체력증강에 가장 적합한 약초라 하겠다.
한편 우주비행사의 두뇌와 반사 신경을 최적의 상태로 유지하는 것은 마카가 함유하고 있는 알칼로이드, 안토시아닌, 사포닌, 테르페노이드, 덱스트린 등 활성물질이다. 활성물질이란 여러 가지 생명활동, 생리활동을 활성화시켜주는 물질이라는 뜻이다. 그 작용 가운데는 뇌와 교감신경, 운동신경의 활성화도 포함된다. 따라서 우주비행사가 마카를 섭취하면 자연스럽게 뇌와 신경의 작용이 향상되어 우주에서 힘든 작업을 수행해 나갈 수 있는 것이다.

늙어서도 남녀 모두 충실한 성생활을 위해

부부가 나이 들어서도 언제까지나 서로를 소중하게 여기며, 더불어 인생행로를 걸어가는 동안 웃음 지으며 신뢰를 쌓아나가려면 성생활이 중요한 역할을 한다. 성생활은 두 사람이 서로 이해하고 애정을 표현하는 중요한 수단으로, 충실한 성생활은 생활에 윤기를 더해주고 삶의 보람과 웃음, 건강에 이르기까지 많은 것들을 가져다준다. 몇 십 년에 걸친 원만한 부부관계를 지속하는 비결은 바로 원만한 성생활에 있다고 할 수 있다.
성욕은 죽을 때까지 없어지지 않는다고 한다. 늙어서도 일을 우선시하여 성생활을 경시하는 사고방식을 가진다면 삶의 의욕이나 보람을 느끼기 어렵다는 것은 많은 노인 대상

설문 조사결과가 보여준다. 아무래도 남성과 여성이 함께 사는 보람을 느끼며 충실한 인생을 보내기 위해서도 성생활은 그 중요성을 차츰 더해할 것이다.
그렇기 때문에 남녀 모두의 성기능을 놀랍게 끌어올리는 마카가 필요한 것이다. 남녀 모두가 마카의 도움을 받아 언제까지나 건강하고 젊게 사는 인생을 보내야 한다.
나이가 들면 사정 시에 정액 량이 감소되는 사람들에게도 권장되고 있다.

제 2 장 남성: 우뚝 솟은 성 에너지를 공급하라!

정력부족은 만병의 시작이다.
오늘날 남자들의 위기인 정력부족을 의사나 학자 등 전문가들은 어떻게 진단하고 있을까? 물론 여러 원인이 있겠지만 주요한 원인으로 꼽히는 것이 활성산소다.
알다시피 사람의 몸은 호흡과정의 원활한 순환이 건강의 기본이다.
따라서 몸속에서 발생하는 활성산소는 건강의 이상신호를 가늠한다고 할 수 있다. 사람들에게 활성산소가 과잉 발생하는 것은 환경오염에 따른 먹거리의 오염, 식생활의 서구화, 식품첨가물 범람, 술, 담배, 농약, 자외선 등이다. 특히 해결이 어려운 문제로서 경쟁사회, 정보화 사회의 스트레스를 들 수 있다.

다시 말해 현재 우리의 생활환경은 활성산소에 둘러싸여 있으며, 이를 해결하는 방법은 현재로서는 벗어날 수 없다고 해도 지나친 말이 아니다. 이 활성산소를 억제, 제거하는 것이 항산화물질(SOD효소)이다. 현대인들은 이 물질의 생산능력이 크게 떨어지고 있다고 한다. 그 결과 정자 수부족, 발기능력저하, 당뇨나 고혈압증가, 스트레스 상승 등의 정력부족과 성인병증세가 빈발하고 있는 것이다. 원래 우리 몸에 자연적으로 갖추어져 있어야 할 항산화물질도 이러한 상황 속에서는 자꾸만 그 생산능력이 떨어질 수밖에 없다. 그리고 이 항산화 물질은 20대를 100%로 치면 40대에는 80%, 50대에는 60%정도로 나이를 먹으면서 감소하여 80대가 되면 더 이상 분비되지 않는다.

혈관은 활성산소에 의해 녹슨 상태가 되고 만다. 특히 발기는 혈액의 집중에 의해 일어나는 현상이기 때문에 활성산소에 의해 크게 타격을 입는다. 발기력이 급격하게 떨어지는 것이다.

여기에 청년실업 증가로 젊은이들의 발기력 부족 호소가 늘고 있고, 중년 이후는 불황과 구조조정의 스트레스로 나이를 떠나 모든 남성들을 스트레스증후군 환자로 내몰고 있는 것이다.

그나마 유일한 안식처라 할 수 있는 가정으로 돌아온다고 해도 밀려드는 고지서, 각종 세금, 부과금, 교육비 등의 고지서가 산더미로 쌓이고, 남들과 비교하는 와이프들의 태도는 차갑기만 하고 아이들은 그들만의 생활에 빠져 아빠 대하기를 소 닭 보듯이 하는 게 요즘 세태다. 이러한 환경에서 정력 감퇴를 느끼지 않을 수 있다면 정신적으로 상당히 무디거나 귀가 공포증에 걸린 노이로제 환자일 것이다. 최근 중년 이후 남성의 자살이 늘고 있다는 뉴스도 충격적이다. 평범하게 살아가는 것조차 힘든 시대가 되고 말았다.

정력에 관한 올바른 상식

정력은 무엇을 말하는 걸까? 정력, 정력 하지만 그 실체를 제대로 알기보다는 어떤 힘으로만 느끼는 남자들이 많다. 먼저 의학적으로 정력을 설명해 보자.
정력이란 한마디로 남성의 성기능이다. 성기능과 밀접한 관련이 있는 것이 미네랄인데 그 가운데서도 아연(Zn)이 중요한 영양소다.
남성의 정액을 생산하는 전립선에는 고밀도의 아연이 필요한데, 이것이 부족하면 정자의 수가 감소한다고 알려져 있다. 성인에게 필요한 아연은 하루 15mg인데, 우리의 식생활은 그 섭취량이 많이 부족한 현실이다. 아연을 많이 함유한 식품으로 대표적인 것이 굴이다. 그 밖에도 정어리, 청어, 대합, 모시조개, 팥, 멸치, 현미, 콩가루, 볶은 깨, 말린 버섯, 무말랭이 등이 있다. 이들 식품을 보면 옛 선조들의 식단은 아연이 풍부했음을 알 수 있다. 식생활의 서구화, 경제구조의 변화, 기호의 변화 등에 의해 이러한 음식을 날마다 충분히 섭취하기가 어려워졌다. 사람들이 어머니의 손맛을 찾는 것은 단지 옛날을 그리워하는 마음 때문만은 아닌 것이다.
또 한 가지, 성기능을 유지하기 위해 중요한 성분으로 셀렌이 있다. 그것은 밀가루나 곡류에 함유된 항산화미네랄로, 체내에 존재하는 셀렌의 25~40%는 생식기에 집중되어 있다. 정자세포에는 셀렌의 함유량이 많아서 남성이 사정할 때 많은 양의 셀렌이 정자와 더불어 빠져나온다. 이것을 보충해주지 못하면 성기능이 저하된다. 이 셀렌 역시 전통적인 식생활에서는 많은 양을 섭취할 수 있었던 것이다.

정자수를 늘려라!

최근 들어 우리나라뿐 아니라 세계적으로 남성의 정자 수가 줄고 있다는 충격적인 보고가 잇따르고 있다.
1995년 프랑스에서 이루어진 연구결과가 널리 보도되어 화제를 불러일으킨 바 있다. 1945년생 남성의 30세 때 평균 정자 수는 1밀리리터 안에 1억200만개였으나 1962년생 남성의 30세 때의 평균 정자 수는 5,100만개에 지나지 않았다. 불과 17년 사이에 정자의 수가 절반으로 줄어든 것이다.
한편 세계보건기구(WHO)의 발표에 따르면 정자의 운동률이 20년 전에 비해 80%에서 50%까지 떨어졌다고 하니, 실로 현대남성들의 정력이 위기에 처해있다고 하겠다.
이러한 정력 감퇴의 원인은 분명히 밝혀지지 않고 있으나 스트레스라는 주장과 미네랄 부족이라는 주장 이외에도 세계적인 환경의 악화에 의한 이른바 환경호르몬 때문이라는 주장도 있다. 다이옥신으로 대표되는 환경호르몬은 아주 적은 양으로도 인간 유전자에 영향을 미치게 된다. 하지만 개인의 힘으로 막을 수 없다. 자연의 황폐화는 남성들에게 더욱 두려움을 가져다주고 있다.

하체의 고민이 일에도 영향을 미친다.

정력 감퇴의 원인으로 이른바 생활습관성 병의 확산도 무시할 수 없다.
그 가운데서도 대표적인 것이 당뇨병이다. 걸릴 수 있는 사람과 위험이 있는 사람까지 합하면 전체 국민의 3분의1정도가 당뇨환자라는 조사도 있다. 당뇨병은 한마디로 혈액 속의 당분(혈당)이 높아져서 몸 전체에 나쁜 영향을 미치는 것이다. 혈당치가 높아지면 혈액이 건강한 사람보다 유동성이 낮아져서 음경 내의 혈행 역시 좋을 리가 없다.
당뇨병의 증상은 피로감, 공복감, 손 발 저림, 빈뇨(頻尿), 입 마름, 나아가 신경장애까지 일으키기 때문에 성기능에도 나쁜 영향을 준다.
그리고 고혈압이나 심장병과 같은 여러 가지 생활습관성 병(성인병)도 정력을 극도로 떨어뜨린다. 거꾸로 말하면, 갑자기 정력이 쇠퇴했다고 느껴지면, 당뇨병, 고혈압, 심장병 등의 가능성을 의심해보는 것이 좋다. 병이나 사고에 의한 체력저하나 정신적인 스트레스로 인해 정력이 급격히 쇠퇴하지만, 이렇게 생활습관성 병의 악화가 발기부전의 원인이 되는 경우도 많다.

정력의 쇠퇴는 업무에도 크게 영향을 미친다. 체력이나 정력이 급격하게 쇠퇴한다는 것은 호르몬의 균형이 깨져 있다거나, 극심한 스트레스를 받고 있다거나, 균형 잡힌 식사를 하지 못하고 있다거나, 당뇨병과 같은 생활습관성 병의 초기에 놓여있는 경우가 아주 많다. 이렇게 건강하지 못한 상태에서 일을 잘할 수는 없다.

반대로 정력이 왕성하여 아내를 기쁘게 해주는 사람은 일에 대한 의욕이나 지속력도 놀랄 만큼 왕성하다. 영웅호색(英雄好色)이란 말도 있듯이 일을 훌륭하게 해내는 사람은 결과적으로 성욕도 왕성하다고 할 수 있다.

그렇다면 누구나 중년이후가 되면 정력이 쇠퇴하는 것을 피할 수 없다는 이야기일까? 결론부터 말하자면 노화를 막을 수 없듯이 정력의 감퇴, 그 자체를 완전히 막을 방법은 없다. 인간의 성욕을 좌우하는 남성호르몬은 대개 18세를 정점으로 점차 줄어든다. 정액을 생산하는 전립선은 누구나 중년이후가 되면 딱딱해지고 비대해지기 때문에 정액의 분비가 줄어든다. 이럴 때 마카를 꾸준히 복용하여야하며 정액이 조금만 나오면 그에 따라 자연스럽게 성욕도 저하하는 것이다.

여기서 한 가지 중요한 것은 어느 정도의 건강을 유지하고만 있다면 정력이 아주 없어지지는 않는다는 사실이다. 남성호르몬의 분비는 나이가 들면서 줄어들지만 성욕이 완전히 없어질 정도로 줄어드는 것은 아니다. 70, 80세가 지나도 대개 성생활이 가능할 정도의 호르몬은 분비된다. 주변에서 70, 80세를 넘어서도 얼굴색이 좋고, 몸이 튼튼하고, 두뇌회전도 잘 되어 남부럽지 않게 생활하는 사람을 볼 수 있다. 이런 사람들은 당뇨병이나 고혈압 걱정도 없다. 그래서 대체로 성욕도 왕성하다.

이런 사람들이 어떻게 사는지 잘 보고 배워야하겠다. 70, 80세를 넘어서도 정력이 왕성한사람은 일상생활 속에서 오는 스트레스를 현명하게 발산하고 있다. 규칙적인 생활습관을 지키고, 적당한 운동을 꾸준히 하며, 식사도 영양소를 골고루 배분하여 균형 잡힌 식단을 챙긴다. 폭음폭식을 피하고, 두뇌활동도 꾸준히 하고 있을 것이다. 이렇게 지극히 평범한 것들만 유념하고 있으면 정력 감퇴의 속도를 늦출 수 있는 것이다. 그래서 정력은 몸과 마음의 건강을 재는 척도라고 말하는 것이다.

성기능을 위협하는 스트레스를 풀어라.

앞서 살펴본바와 같이 현대를 살아가는 남성들의 정력은 위기에 처해있다. 그것은 이미 세계적인 관심사이며 인류공통의 문제다.
식생활은 제대로 갖추어지지 못하고, 먹거리는 오염되어 환경호르몬이 모르는 사이에 우리 몸을 좀먹고 있다. 게다가 정보화 사회, 경쟁사회의 스트레스까지 더해지고 있다. 이러한 자연환경, 사회 환경 속에서 남성이 자신의 성을 지키고, 누리기란 쉬운 일이 아니다. 식생활에 유의하면서 개인의 체질에 맞는 건강식품의 힘을 빌어야 할 것이다. 그리고 평소에 이미지 트레이닝에 힘쓰고, 나이가 함께 시들어가는 정력의 증진에 힘써야 한다. 열심히 몰두할 수 있는 일이나 취미를 갖고 지나친 욕심에 마음을 비워 밀려오는 스트레스를 재빨리 털어내야 한다.
그래야만 현대라고 하는 스트레스의 밀림 속에서 타잔처럼 건강하게 살아갈 수 있을 것이다. 밀림의 왕자 타잔은 아내 제인을 깊이 사랑하며 밀림을 위협하는 온갖 문명의 이기(利器)에 맞서 싸운다. 현대의 남성들도 자신의 성을 지키기 위해서는 성기능을 위협하는 많은 적들과 싸워야하는 것이다.
그 싸움을 위한 마지막 무기로 때맞춰 등장한 것이 바로 마카다.

마카는 충실한 성생활을 선물한다.

섹스는 반드시 임신을 목적으로 하는 것만은 아니다. 부부 간의 커뮤니케이션과 애정 표현을 위해서도 꼭 필요한 것이다. 마카는 이러한 목적의 성생활에도 큰 효과를 발휘한다. 남성에게 나타나는 효과로는 우선 발기능력의 향상을 들 수 있다.
발기는 음경을 구성하고 있는 해면체에 대량의 혈액이 흘러들어와 일어난다. 해면체는 혈액을 담고 있지 않을 때는 작아지고, 혈액을 담으면 크게 팽창하는 조직이다. 그 기능이 해면을 연상시키기 때문에 해면체라는 이름이 붙은 것이다.
음경을 통과하는 모세혈관은 성적인 자극을 받으면 급격히 확장된다. 그래서 다량의 혈액이 음경으로 흘러들고, 해면체가 그것을 흡수하여 팽창, 발기하는 것이다.
그리고 사정에 의해 성적인 자극이 감소하면 이번에는 음경을 통과하는 모세혈관을 축소시키는 역할을 하는 호르몬이 작용하여, 혈액의 유입을 중지시켜 음경이 원래의 크기로 돌아온다. 음경이 충분히 발기하기 전에, 또는 충분히 시간이 지나지 않았을 때 모세혈관을 축소시키는 호르몬이 분비되면 조루나 발기부전 상태가 된다. 발기 약으로 유명한 발기부전 치료제는 이 호르몬의 분비를 억제하는 작용이 있어서 발기 능력을 향상시키는 것이다.
마카에도 발기부전 치료제와 같은 효과가 있다. 마카에 함유된 활성물질 덱스트린과 알칼로이드는 하복부에 위치한 음경동맥의 혈류를 활발하게 만든다. 그러면 음경동맥의 끝에 있는 모세혈관이 혈류도 활발해져서 보다 많은 양의 혈액이 음경으로 흘러 들어가게 되기 때문에 발기능력이 좋아지는 것이다.
여성의 경우도 마카의 도움을 받아, 보다 충실한 성생활을 영위할 수 있다. 성기가 부드러워져서 갱년기 장애증상 가운데 하나인 성교 통이 해소된다. 또 불감증이나 냉감증 등도 개선된다.
남성의 경우도 사정할 때 예전만큼 쾌감을 얻지 못하는 성적 노화현상이 줄어든다.
이것은 마카에 함유된 방향성 글리코시드라는 활성물질의 효과다.
방향성 글리코시드는 신경을 활성화시키고, 성교할 때 쾌감을 높이는 작용이 있다. 그래서 노화 등의 이유로 둔해졌던 쾌감이 다시 살아나고, 섹스를 통한 즐거움과 만족감이 한층 커지는 것이다.
부부간의 상호이해는 성행위만으로 이루어지는 것은 아니다. 그러나 성행위가 남녀의 커뮤니케이션에 있어 중요한 부분을 차지한다는 것은 틀림없는 사실이다. 그만큼 성행위를 통해 부부가 함께 쾌감을 얻을 수 있다면 두 사람 사이에는 깊고 강한 유대감이 형성되고, 그러한 느낌이 더욱 깊은 쾌감을 가져올 것이다.
정신적인 연결고리 또한 단단해져서 이상적인 부부관계를 쌓아가게 되는 것이다.

마카는 면역력을 높여 주는 영양소도 있다.

우리 몸속에는 수많은 세균과 바이러스가 살고 있으며, 몸 바깥에도 마찬가지로 수많은 세균과 바이러스들이 우리를 둘러싸고 있다.
이러한 세균과 바이러스 가운데는 우리 몸을 못 쓰게 만들어 여러 가지 병을 일으키는 것도 많다.
그런데도 우리가 건강하게살 수 있는 것은 몸속에 태어나면서부터 갖고 있는 면역기능의 작용덕분이다. 면역기능은 체내에 침입한 세균과 바이러스를 쫓아 없앤다. 그뿐만 아니라 면역력이 강해지면 암도 예방할 수 있다.

우리 몸은 항상 신진대사를 되풀이한다. 신진대사에는 여러 가지 역할이 있는데 대표적인 것은 새로운 세포를 만들어서 오래된 세포와 교환하는 것이다. 교환할 때는 오래된 세포와 똑같은 것을 복제하는데, 유전자 DNA에 이상이 있을 때는 기형세포를 만든다. 그런 기형세포 가운데 하나가 바로 암세포다.

체내의 이물질을 공격하여 없애는 면역세포는 기형세포를 세균이나 바이러스와 같은 이물질로 인식하여 공격한다. 인간의 면역기구의 작용은 주로 골수에서 만들어지는 백혈구에 의해 이루어진다. 몸 밖에서 세균이나 바이러스와 같은 이물질로 인식하여 공격한다. 인간의 면역기구의 작용은 주로 골수에서 만들어지는 백혈구에 의해 이루어진다. 몸 밖에서 세균이나 바이러스가 침입하거나 돌연변이에 의해 기형세포가 생겼을 때는 백혈구가 나서서 이런 이물질들에게 활성산소나 항체를 보내서 사멸시킨다. 또 백혈구가 직접 이물질을 먹기도 한다.

백혈구는 여러 가지 종류가 있으며, 대표적인 것으로 호중구, 매크로파지, B세포, T세포 등이 있다. 과로나 스트레스로 인해 면역력이 떨어져서 세균이나 바이러스의 세력이 면역력을 짓누르면 여러 가지 병이 생기는 것이다. 이러한 면역력의 가장 큰 적은 노화다. 나이가 들면서 몸과 마음의 기력이 떨어지면 면역력도 떨어지고, 암과 같은 병에 걸리기 쉬워져서 노화가 한층 빠르게 진행된다. 나이가 들수록 이러한 악순환에 빠지기 쉽다. 따라서 건강하게 오래 살고자 한다면 면역력을 강화시켜야 한다. 그런 작용을 하는 것이 바로 마카다.

마카가 어떠한 형태로 면역력을 높이는가하는 자세한 메커니즘은 아직 밝혀지지 않았다. 다만 마카에 함유된 풍부한 영양소가 서로 작용하여 면역기능의 작용을 활발하게 하는 것으로 추측된다.

실제 마카에 의해 면역력이 높아진 임상결과가 꾸준히 발표되고 있다. 앞으로 마카에 대한 연구가 이루어질수록 면역력증강에 관한 메커니즘은물론 효과를 더욱 높이는 일도 가능할 것이다.

키도 크고 체격도 키우는 마카

성장호르몬의 분비는 20세 무렵을 정점으로 줄어들어 40대가 되면 20대의 약60%밖에 분비되지 않는다. 성장호르몬이 줄어들면서 이와 더불어 노화가 진행된다.

성장호르몬은 뇌하수체에서 만들어져 혈액을 통해 몸 전체로 운반된다.

성장호르몬은 근육을 만들고, 뼈를 성장시키고, 내장의 움직임을 활발하게 만들어 신진대사를 높여 몸의 성장을 촉진시킨다.

마카에 풍부하게 함유된 아르기닌은 성장호르몬의 토대가

되는 성분이다.
아르기닌을 충분히 섭취하면 성장호르몬의 분비가 촉진된다. 따라서 마카를 꾸준히 먹으면 내장과 각 기관의 작용이 활발해지기 때문에 성장기 어린이나 수험생들에게 효과가 크다. 물론 여성들도 생식기관이 활성화되어 임신하기 쉬운 환경이 조성된다. 이렇게 천연 마카의 유효성분은 한 가지 한 가지마다 커다란 힘을 발휘한다.

에너지원으로 쓰이는 당분이 풍부하다.

마카는 미 항공우주국이 우주비행사의 식품으로 채택할 정도로 필수 아미노산과 활성물질이 풍부하게 들어있어 건강을 지켜주는데, 양질의 당분 또한 많이 함유하고 있다.
당분은 체내에 들어오면 곧바로 대사를 거쳐 에너지원이 된다. 특히 뇌나 신경계는 당분이 유일한 에너지원이므로, 이것이 부족할 때는 바로 뇌의 작용이 떨어진다.
마카가 지니고 있는 당분이 양질인 데는 나름대로 이유가 있다.
당분에는 단당류, 이당류, 다당류의 세 가지 종류가 있다. 마카에 함유된 당분은 단당류, 설탕에 함유된 당분은 이당류다. 이당류는 혈액 안의 당분의 양, 다시 말해 혈당치를 높이는 작용이 있다.
혈당치가 지나치게 높아지면 당뇨병이 되어 전신세포의 세포막도 헐거워진다. 설탕이 들러붙은 상태로 되는 것이다.

그러면 세포는 파괴되기 쉬워지고, 본래의 기능을 다하지 못하게 된다.
또 모세혈관도 약해져서 혈액을 세포조직으로 충분히 운반하지 못하게 되어 실명, 수족의 괴사 등의 원인이 된다. 신경세포 역시 공격받아 신경장애가 일어난다.
이러한 증상은 당뇨병의 합병증으로 나타나며, 당뇨병의 증상 가운데서도 가장 무서운 것들이다.
반면에 마카에 함유된 단당류는 과당과 포도당이 중심으로, 혈당치를 상승시키지 않는다. 필요한 에너지를 충분히 보충할 수 있으면서도 당뇨병에 걸릴 염려가 없기 때문에 이보다 이상적인 당분은 없다고 하겠다.
바로 이런 점에서 마카가 뛰어난 에너지원으로서 학자들의 주목을 받고 있는 것이다.

초조함, 신경불안감을 없애준다.

마카는 비타민과 미네랄을 풍부하게 함유하고 있다. 이들 영양성분에는 스트레스를 해소하고, 스트레스에 대항하는 힘을 키워주는 작용이 있다.
예를 들어 마카에 함유된 비타민 B1, B2, B6, B12 등 비타민 군에는 스트레스가 있어도 신경작용을 정상으로 유지하는 작용을 한다. 또 한 가지 마카에 함유된 미네랄, 인, 칼슘에는 신경의 초조함을 가라앉히는 작용이 있다.
최근 학교에서 보면 가만히 앉아있지 못하고 과잉행동을

하는 아이들이 늘고 있다. 이것은 여러 가지 원인을 생각해 볼 수 있지만 그 가운데 하나로 칼슘섭취량의 감소가 있다. 일본의 어느 초등학교를 대상으로 학교급식식단에 칼슘을 늘렸더니 아이들의 초조한 행동이 완화되었다는 연구사례도 있다.
한편 전문가들은 최근 불임이 증가하는 원인의 한 가지로 스트레스가 커진 것을 지적하고 있다. 스트레스가 수태능력을 떨어뜨리고 몸과 마음에 좋지 않은 영향을 미친다는 것을 알면서도 현대사회를 살아가는 이상 쉽게 해소하기가 어렵다.
사회생활을 하다보면 피하고 싶어도 피할 수 없는 스트레스가 매우 많기 때문이다.
하지만 스트레스에 대항하는 힘, 즉 스트레스 내성을 강화시키면 어느 정도는 견딜 수 있게 된다. 마카에 함유된 비타민과 칼슘 등은 이런 스트레스내성을 강화시키는 데 최적의 영양성분이다.

비타민E는 피부를 젊게 만드는 지용성비타민으로 널리 알려져 있는데, 쥐의 실험을 통해 불임을 막는 효과가 확인되었다. 비타민E는 강력한 항산화작용이 있어서 활성산소의 발생을 억제하고, 세포를 파괴하는 과산화지질을 분해하고, 혈관을 유연하게 만들어 혈액의 흐름을 좋게 하기 때문에 동맥경화나 뇌경색, 심근경색, 암등 생활습관성 병의 발병과 노화를 예방한다.
또 황체호르몬이나 남성호르몬의 분비를 촉진하는 작용이

있어서 생식기능의 향상에도 도움이 된다.
지용성비타민은 물에 녹지 않기 때문에 대량으로 섭취하면 체내에 축적되어 부작용을 일으키기도 하는데 비타민E는 지용성이면서도 대량 섭취시의 해로움이 적은 비타민이다.

오래 부담 없이 즐기려면 마카가 발기부전 치료제보다 낫다.

마카가 발기부전치료제와 같은 작용을 한다는 사실은 앞서 이야기했다. 하지만 마카와 발기부전 치료제의 성질은 커다란 차이가 있다.
바로 마카는 즉효성이 없지만 효과의 지속시간이 길고, 부작용이 없다는 점이다.
발기는 모세혈관으로부터 음경의 해면체에 많은 양의 혈액이 유입되어 일어나며, 사정에 의해 자극이 떨어지면 모세혈관을 수축시키는 호르몬이 분비되어 음경이 원래 크기로 돌아온다. 발기부전치료제는 이 모세혈관을 수축시키는 호르몬의 분비를 억제함으로써 발기시킨다.
따라서 음경에 계속하여 새로운 혈액이 유입되기 때문에 한번 발기하면 좀처럼 원래대로 돌아오지 않는다. 개인차는 있지만 일반적으로 발기부전 치료제를 복용하면 약 30분이 지나 효과가 나타나기 시작하여 약 4시간 정도는 지속된다고 한다.

마카의 경우는 음경을 발기시킨다는 목적에 있어서는 같지만 혈액을 유입시키는 메커니즘이 전혀 다르다. 약의 힘으로 일시적으로 모세혈관을 확장시키는 것이 아니라, 생약성분의 힘으로 하복부의 음경동맥 혈액흐름을 촉진시켜 음경으로 흘러들어가는 혈액의 양을 증가시키는 것이다. 서서히 체질을 바꾸어 나가기 때문에 즉효성은 없지만 발기력을 오래 지속할 수 있다.
또 발기부전 치료제의 경우는 급격하게 음경으로 보내는 혈액의 흐름이 많아지기 때문에 알코올을 섭취하고 복용하거나 심장에 장애가 있어서 니트로를 복용하는 사람의 경우 심장을 도는 혈액이 일시적으로 부족하게 된다. 그로인해 심근경색을 일으켜 사망하는 사고가 일어나기도 한다.
그러나 마카는 그런 염려가 전혀 없다. 마카는 안전하게 사용할 수 있는 '천연 발기부전 치료제'인 셈이다. 한 가지 덧붙이자면 마카와 발기부전 치료제는 중복되는 성분이 없으므로 병용이 가능하다.
아울러 성생활을 하면서 약물이나 어떤 도구를 사용하여 성적인 기능을 높이려 들거나 만족을 얻으려 한다면 배우자나 본인에게는 또 다른 부작용이나 수고를 필요로 한다. 하지만 요리나 건강식품을 통해 자연스럽게 성기능을 활성화시켜 성적만족을 이룰 수 있다면 가장 이상적이라고 할 수 있을 것이다. 이러한 의미에서 마카는 충실한 성생활의 훌륭한 길잡이 노릇을 하고 있다.

신선한 정보를 보석같이 접했을 때에는 우리의 삶은 더 한층 질이 높아지며 풍요로워진다. 그러나 성급한마음으로 우물에 가서 숭늉을 달라는 식의 과욕은 아니 된다.
이 세상에는 당장에 큰 뜻을 이루는 일이란 아무것도 없다. 그러므로 담배 한 갑 값밖에 지나지 않는 4,500원씩 내 몸을 위하여 하루에 마카 한 팩씩을 투자한다면 뿌린 대로 거두게 되어 청춘 같은 체력은 자신도 모르는 사이에 찾아와 세상사는 보람을 느낄 것이다.

부부가 함께 온 가족이 다 함께,
건강증진을 위해서는 하루에 한번 씩,
왕성한 체력을 원한다면 아침, 저녁 두 번씩 복용을 하자.
상담문의/ 010-3443-0183, 010-8952-4114

자연이 준 최상의 식품 6시간 이전의 초유

병균의 무서운 활동을 저지하는 초유

몰려오는 초강력 세균들을 현재 우리 능력으로 막을 길이 없다. 우리는 아직도 방어력이 있지만 살아남기 위하여 지금 당장 관심을 갖고 책임있는 대책을 세워야 한다.
오늘날 가장 위협을 주는 질병이 바로 면역질환이다.
면역 결핍, 자가 면역질환, 암, 알레르기, 염증, 심지어 노화까지도 면역과 관련이 있다. 질병의 발병과 우리 몸의 세포에 축적된 독소와 영양 결핍이 면역계를 파괴시킨다. 건강한 우리의 삶을 위해 면역계를 보강하여야 한다. 불행하게도 많은 사람들이 면역질환의 위협을 받고 있다. 불과 몇 세대만에 우리는 이 지구의 얼굴을 바꾸어 놓았다. 인간의 연료인 식품을 수많은 유해성분으로 변형시켰으며 오염물질과 항생제로 포장하였다. 미국은 현재 토양의 유실과 미네랄 감소 현상으로 인한 농산물의 영양소 감소로 영양실조 증세를 보이고 있다. 우리는 소중한 공기와 물을 오염시키고 화학품의 독성물질, 유해전자파, 사회적 무관심 등과 싸우고 있다. 우리는 숲이 파괴되면 신종 바이러스와 박테리아가 출현한다는 사실을 잘 알고 있다.
우리가 생존을 위하여 할 수 있는 일능 과연 무엇인가? 저항이 불가능 하여진 인간의 면역성, 저렴한 세계여행은 빠른 인구 이동, 초강력 세균 등장과 친화성을 재촉하고 있다.
이런 시점에서 우리는 여기에 대처할 수 있는 위기를 벗어나는 방법으로 우리 몸에서 면역항체를 키워야만 한다.

항생제 개발 이전의 초유는 치료제

소의 초유는 쉽게 채집이 가능하며 특별 처리 과정을 통하여 사람에게도 초유의 면역물질과 성장물질을 공급할 수 있다.
1987년 International Institute of Nutritional Research를 통한 보고서는 "초유는 질병과 노화현상을 상대로 싸우는 인간의 결정적 요소인 면역 시스템을 도와준다."고 기술하였다.
역사적으로 소의 초유는 자연이 인간에게 준 치료제로 중요한 역할을 수행하여 왔다. 인도는 수천 년 전부터 초유를 사용해 왔으며 인디안 의사들과 리시스(Rishis)인은 초유에 관하여 육체와 정신에 유익하다고 기술하였다. 스칸디나비아 북유럽에 사는 사람들은 초유의 치료 효과를 잘 알고 있다. 그들은 가축 새끼를 낳을 때 새끼가 잘 자라길 염원하며 꿀로 맛을 낸 디저트용 푸딩을 초유로 만들어 먹는다.

미국과 세계 여러나라에서는 설파제와 항생제가 등장하기 전에 초유를 면역제로 사용하였다. 50년대 초에는 초유가 류마티스 관절염 치료제로 광범위하게 사용된 기록이 있다.

1950년에 소아마비 백신으로 유명한 알버트 사빈 박사는 초유의 가능성에 관하여 잘 알고 있었다. 그는 소아마비에 걸리지 않음에도 북구하고 소의 초유로 항 바이러스를 생산하였다.

수백년 동안 인간과 함께 살아온 소, 전 세계에서 수행한 수배건의 과학적 연구, 사람에 대한 임상실험에서 소의초유가 안전하고 효과적임이 확인되었다.
초유의 재발견과 연구로 면역력의 향상과 우리 몸의 세포조직을 복원하는데 아주 중요한 것임이 확인되었다.

초유에 우리 몸이 꼭 필요로 하는 성분이 있다.

1. 면역기능 증강
   몸의 혈관과 임파 계에서 세균 등을 중화시키는 작용
2. 정장작용
   라토페린과 그 밖의 면역인자들이면역세포 활성화 및 원활한 장내 정장작용을 하게함.
   초유는 설사를 일으키는 세균에 대한 항체 형성 증가시킴
3. 성장촉진
   섬유 성장과 세포조직 회복
4. 두뇌발달 촉진
   두뇌와 눈 망막 발달에 도움

6시간 이전의 초유를 고르는 중요한 기준은 무엇인가?

 초유는 젖소의 출산 후 6시간 내에 착유되고 철저한 품질관리와 제조공정에 따른 것이어야 합니다. 이유는 출산 후 6시간 이내의 초유에서 80%의 면역인자와 성장인자가 들어있기 때문입니다. 특히 철저한 관리 프로그램에 의해 사육된 젖소에서 착유된 것이 가장 바람직합니다.

초유란 무엇인가?

사람을 포함한 포유동물에서 출산 직후 24시간 이전에 나오는 젖을 초유라 하며 누렇고 탁한 젖을 분비하는데 제일 먼저 나온다는 뜻으로 Colostrum이라고 부르고, 분만 후 처음 생산되는 유즙으로 강력한 항체와 신생아의 건강을 지켜주는 성장인자로 이루어져 있습니다.
초유는 6시간 이전에 추출한 것이 최상의 초유라 할 수 있습니다. 이 초유는 최고의 면역물질과 성장물질이 함유된 것으로 최고로 치는 천연물질이자 선물입니다. 특히 사람의 초유와 같은 기능이 있는 젖소의 초유는 연구와 임상실험에서 면역 체계와 소화기관 및 건강증진에 기여하는 중요한 인자로 결론지어지고 있습니다. 또한 초유내의 성장인자는 긍정적인 부수적인 효과로 지방 대사강화, 마른 근육질의 체형 형성의 용이, 피부와 근육의 재활 강화 등을 제공하기도 한다는 긍정적인 연구검토가 되고 있습니다.
초유를 생산하는데 어떠한 기준을 충족시켜야 하는가?

당시는 미국 식품안전조사협회(FSIS) 미농산부(USDA) 식품의학협회(FDA)의 엄격한 기준을 통과해야 한다. 초유는 제품의 안전한 효과를 확증하기 위해 고안된 미 농산부가 승인한 제품 생산개요 아래 생산된다.

초유가 주는 효능

암을 발생시키는 많은 요인들이 있다. 이중에서 가장 절대적인 요인은 유전적인 소인이나 독성 물질의 축적에 의해 입는 세포의 손상이다. 바이러스들은 자신들을 복제하기 위하여 상처를 입은 세포를 찾는다. 우리가 나이를 들어감에 따라 우리의 세포는 더욱 손상을 입는다. 대부분의 암은 너무 많은 세포가 손상을 입어 수 천 가지의 바이러스 너무 빨리 복제가 이루어져 면역 체계가 대응하기에 역부족일 때나 세균들의 공격을 받은 세포들을 파괴하기 위한 정상적인 면역반응이
억제될 때 생긴다. 초유는 이 면역반응을 향상시키고 초유에 함유된 물질들은 세포나 체액에 있는 바이러스를 대항하여 작용한다.

1. 항암제 효과 촉진, 부작용 방어
 "락토페린" 이란 암과 그 외 질병들을 대항하여
 싸우는 탁월한 능력으로 효과적이라고 보고 되있다.

2. 당뇨와 혈당증

초유는 우리 몸의 모든 알러지 반응을 제거하는데 도움이 된다. 성장호르몬(GH)과 인슐린과 같은 성장인자 (lGf-1)가 함유되어 있다.

3.심장질환

초유에 있는 lGF-1과 GH는 LDL(심장 질환의 표시)의 농도를 내리고 HDL(심장 질환의 위험성을 줄이는 독특한 물질)의 농도를 증가시켜 콜레스트롤 수치를 낮춰준다는 것을 밝혔다. 성장 인자들(HG)은 치료를 촉진시키고 심장 근육 조직의 재생성을 촉진시키며 혈관의 재생성도 촉진 시킨다는 것을 밝혔다. 이들 물질들은 질환 후 회복에 도움을 준다.

4.면역질환

면역 글로부린들은 아주 강력한 능력과 광범위한 항바이러스, 항 박테리아 효력을 갖춘 방어체이다. 하지만 이들이 dirgowlaus 류마티스 관절염, 다발성 경화증, 빈혈 혈소판 감소증, 호중구 감소증, 위 근 무력증, 길캉바레 증후군, 전신 낭창, Arythamatosus, Bulls Pamphigoid, 가와사키 증후군, 만성피로 증후군, 그리고 크론병 이 외의 여러 질병들이 발생하게 된다. 초유는 모든 종류의 면역 글로부린을 함유하고 있으며 초유에서 가장 풍부하게 발견되는 인자인 LgG는 임프액과 순환계통에 의하여 운반되며 우리 몸 침입자들과 독성을 중화 시킨다.

5.아토피

 초유 제품은 면역력의 정상 조절 및 향상기능으로 아토피의 개선에 도움을 주게 됩니다. 초유에는 알레르기를 조절하는 PRP라고 하는 물질이 있으며, LgG, LgE, LgA, LgD, LgM등의 여러 면역글로불린(면역항체)들이 있어서 상호 조화를 이루도록 도와줍니다.

6.HIV바이러스(에이즈 균)

 인체의 면역세포는 촉진과 억제를 잘 조화시켜 세균이나 바이러스, 곰팡이등 몸에 해로운 물질이 들어와 이를 처리 보호하여 준다. 그러나 조화가 깨지면 면역 계통에 이상이 생겨 여러 가지 병이 나타날 수밖에 없지만 초유가 독특한 효과를 줌이 입증 되었다.

7.다이어트

8.키

 자녀 키는 성장 판이 열려 있을 때만 열려 있을 때만 자라므로 닫혀 있으면 절대 크지 않습니다. 성장기 어린이, 청소년의 뼈 성장에 필수적인 칼슘, 무기질, 비타민 등 총 48가지 성분이 균형적인 성장 발육을 돕습니다.

식이유황(MSM)

1. MSM(식이유황)이란?

MSM(식이유황)은 미국 Stanley Jacob박사와 Robert Herschler 박사와의 공동연구에서 발견하였고 페니실린에 필적하는 의학계의 혁명으로 평가받고 있으며, 현재 미국, 캐나다, 독일, 스위스 등 125개국 이상에서 활용하고 있으며 단 한건의 사망사고 보도가 없었다.
1987년 어느 대학교수가 "동치미 국물을 마시면 연탄가스 중독 증상이 회복된다."는 흥미 있는 연구결과를 발표한 적이 있다. 이는 동치미국물 속에는 황성분이 가득 들어있기 때문이다. 우리 몸 안에는 해독력이 강한 거대한 황 아미노산인 메탈로티오네인이 존재하고 있는데 이것은 중금속과 잘 결합하여 독성을 중화시키는 한편, 독성이 혈액이나 뼈에 침투되지 않도록 재빨리 오줌으로 배설할 수 있도록 도와준다.

MSM을 장기복용하면 뼈가 튼튼해지고 골수가 충만하게 된다. 신농본초경(神農本草經)에서는 "유황은 근육과 뼈를 튼튼하게 하고, 탈모를 방지한다."라고 쓰여있다. MSM이 조골세포를 생성시켜 골밀도가 증가되어 골다공증에 도움이 되며 청소년들의 키 성장과 체격발달에 도움을 준다.

2. 유황의 특성

①인체를 구성하는 물질인 유황
유황은 물과 같이 생명을 구성하는 근본물질 중 하나이며, 인체를 구성하고 있는 14원소 중 생체 원소인 수소(H), 산소(O), 질소(N), 나트륨(Na)등 중에 유황(S)은 8번째로 많은 비율을 차지하는 물질로 약 0.25%를 차지하며 피부, 손톱, 발톱, 심장, 뼈, 머리카락 등에 많이 존재한다.

②체온을 발생(상승)시키는 물질인 유황
우리 몸의 체온이 1℃가 상승하면 피가 맑아지고 혈류가 개선되고 면역력이 5배 이상 증강되며 온몸의 건강이 회복된다고 한다. 유황 역시 체온을 상승시켜 추위로부터 인체를 보호하는 역할을 하므로 몸이 차가운 사람은 미역, 다시마, 파래, 김 등 갑상선 호르몬을 생성시키는 해조류와 같이 섭취할 것을 권한다.

③체내의 독소제거 물질인 유황
인체 내에서 유일한 해독 장기인 간에서 95%이상의 독소가 해독되며, 해독을 시키는 물질이 바로 유황이다.

3. MSM(식이유황)과 의학

①동양의학과 유황
일찍이 중국의서 <황제내경>에서는 유황은 뼈, 골수, 근육을 튼튼하게 해주며 탈모방지제로도 사용하였다라고 전하고 있다. 허준의<동의보감>에서는 유황은 냉기를 몰아내는 따뜻한 약으로, <본초강목>에서는 내장독소와 피부독소를 풀어주는 명약이자 만

병을 물리치는 천하의 명약이며, 불로장생의 선약, 회춘의 묘약으로 소개되고 있다. 또한 진시황이 불노불사 영생의 꿈을 꾸면서 애타게 기다리며 만들게 하였던 금단(金丹)이라는 약도 핵심적인 성분이 유황이었다.

②자연의학(대체의학)과 유황
이미 유명한 영양학자 칼 파이퍼 박사는 유황은 생체의 필수영양소라고 하였고, C.미첼 박사는 생체정화 및 해독에 탁월한 효능이 있다고 하였다. 미국을 비롯하여 여러 나라의 자연의학계에서는 유황은 항암제, 염증치료제, 통증완화제 등으로 사용하여 질병을 일으키는 독소의 해독과 질병세포를 제거하여 원상태로 회복시키는 방법으로 질병을 치료하고 있다.

4. MSM(식이유황)의 효과

과학이 발달하면서 편하게 누리게 되었던 합성물질의 장기간 사용과 항생제의 무분별한 사용, 유해환경에의 노출 등으로 인한 폐해가 대두되면서 인공적인 화합물이 아닌 자연의 물질 즉 천연의 물질에서부터 그 문제를 치유하기 위한 연구가 부단히 지속되어 과거에는 국부자극제, 피부질환, 신경마비 등의 치유에 사용되어 왔던 유황이 이미 국내 우수한 각 대학과 학술세미나에서도 부단한 노력과 상당한 연구의 부산물로 천연유황을 이용한 여러 가지 자연치유의 방법이 소개되고 있다.
 MSM(식이유황)을 섭취한 사람들이 공통적으로 많이 경험한 사례를 보면 큰 통증과 염증 없이 자연적으로 치유되었다라고 이구

동성으로 말한다. 이와 같이 MSM(식이유황)은 통증완화 기능을 하면서도 복합진통제나 항상제처럼 내성이 전혀 생기지 않고 부작용이 전혀 없이 인체기능을 정상화 시킨다. 대학의 연구논문에서 "최소한의 또는 부작용이 없는 대체 항암요법으로 구강암 환자에게 항생제를 전혀 사용하지 않고 천연 추출물인 고순도 MSM(식이유황)을 나노처리한 후 사용한 결과 그 효과가 뚜렷이 있어 대체 치료제로서의 사용가능성을 확인 하였다."

"이제는 자연에서 건강을 찾아야 할
시대 다시 말해
21세기는 바로 식물성
MSM(식이유황)의 시대인 것이다."

5. 체험사례

(1) 두 달 만에 무릎의 퇴행성관절염에서 해방 되었습니다.

울산 새울산교회 사모 임연화입니다. 저는 56세의 여성으로 걷기 등 산에는 자신이 있었는데 지난해부터 무릎에 통증이 와서 진찰을 받았더니 퇴행성관절염이라고 했습니다. 약도 먹고 물리치료도 받았지만 개선되지 않아 무릎에 주사를 세 차례나 맞았습니다. 그래도 시간이 지나고 조금 무리하면 또 통증이오고 계단을 내려 올 때는 한 계단씩 천천히 80노인들처럼 걸어야 했습니다. 운동도 마음대로 못하고 너무 갑작스럽게 노인이 된 것 같아 서글픈 마음이 들었습니다. 그러던 중 남편 목사가 MSM정보를 듣고 MSM을 먹어보라고 했습니다. 처음에는 건강기능식품이 무슨 효과가 있을까 하는 의구심이 있었지만 남편의 권유대로 다른 약은 일체 끊고 MSM만 먹었습니다. 처음 일주일은 하루 4알씩 먹다가 그 다음 주부터는 아침저녁 4알씩 8알을 먹었습니다. 두 달을 복용했는데 이제는 통증도 없고 계단도 편하게 오르내리고 한 시간씩 걷기 운동을 해도 아프지 않고 관절이 재생되는 것처럼 좋습니다. 너무 신기해서 진통제가 들었나 싶은 생각도 들었지만 여러 자료를 보면서 유황성분이 통증과 염증이 좋아진다는 사실을 알고 MSM의 효과를 믿게 되었고 이제는 사람들에게 MSM을 소개하고 있습니다. MSM을 소개해 주셔서 감사합니다.

(2)불면증이 해결되었습니다.

안양시 만안구 안양2동에 사는 정순태(57세여)권사입니다. MSM을 하루 여섯 알을 먹은 지 거의 한달 가량 되었답니다.
저는 불면증으로 오랫동안 고생하였습니다. 그런데 MSM을 복용한지 25일정도 지났을 무렵부터 제가 숙면을 취하게 되었답니다. 정말 깊은 단잠을 자고나니 얼굴도 생기가 나기 시작하고, 10년쯤 젊어 보인다고 주위에서 야단입니다. 더구나 MSM영양크림을 사용하니까 처녀 때로 돌아가는 듯이 피부가 고와지고 탄력이 생겼습니다. 불면증으로 고생하시는 분들은 꼭 MSM을 드십시오.

상담문의 : 010-7102-7070